Scripto

Claire Castillon – Orianne Charpentier
Claudine Desmarteau – Manon Fargetton
Hugo Lindenberg – Vincent Mondiot
Marion Muller-Colard – Isabelle Pandazopoulos

LE JOUR OÙ J'AI OSÉ

Gallimard

GRANDE FILLE

Claire Castillon

. 1

« Quand tu sortiras du métro, ce sera la première à gauche en remontant le boulevard. Tu ne peux pas te tromper. Tu verras une église, un square, un kiosque. Et une san-wicherie.Tu tournes juste après. »

J'entends sa voix de contrebasse, et l'image de mon manga intime vire au bleu ciel. Mon cœur bat sous mon sweat rose. Mon téléphone danse jusqu'à lui, bonnes ondes en torsades, comme les pâtes d'hier soir, des *fusilli*, je crois. Avec l'accent forcé de mon père, ça fait foutzillllli. Je déteste quand papa fait ça !

Il s'appelle Alain, sa voix me rend dingue. Mais c'est tout drôle quand il prononce san-wicherie.

Il m'invite. Chez lui, cette fois. Pas dans son bureau. De toute façon, mon stage est fini. « Tu m'intéresses, j'ai envie de te connaître, tu viendras, Élise ? » Et comme je ne lui répondais pas vraiment, il a acquiescé à ma place, en souriant, pas le visage fermé et plein d'angles, comme dans les réunions de travail où, au contraire, il tranche. À celles où j'ai assisté, j'ai pensé *waou, chef, couteau, épée, guillotine,* parce qu'il déchiquette toujours ce que proposent les autres. On dirait un léopard. Un jaguar. Un puma. Un animal sauvage. Ses mâchoires se serrent, ses sourcils se froncent, il est sombre. D'ailleurs, on ne s'approche pas trop de son bureau. Mi-béton, mi-marbre. « Il fait flipper tout le monde », m'a dit Annie, ma copine de l'accueil. On respire mieux quand il s'éloigne. Face à moi, il se produit l'inverse. C'est comme si ses traits d'équerre faisaient des vagues. Comme si son glaçon dans le regard était réchauffé par du Coca. Ça pétille. Mais le glaçon ne fond pas pour autant. Il a cette aiguille dans la pupille. Qui déchire.

« Au numéro 16, tu appuieras sur l'interphone sèdième », dit encore Alain.

Et moi je répète le nom : « Sèdième ? » Il répète à son tour « Oui, sèdième », sans rire de ma confusion, m'expliquant seulement que c'est l'étage. Je note le trajet sur mon téléphone. Une paillette de mon maquillage tombe sur l'écran. Je le prends comme un signe. Son souffle embrasse mes paupières. J'ai des frissons. La dernière fois que j'ai quitté son bureau, il a posé ses mains sur mes épaules. J'ai senti un vrai poids, identique sur chaque épaule. J'ai même imaginé *ça doit ressembler à ça, un mari* et je me suis aussitôt éjectée de la bande de mes copains qui ont la main trop légère et la voix qui n'a rien vécu. Ils ont des petits doigts encore nuls, ils les posent sur mon épaule mais on sent qu'ils miment une scène de film ou quelque chose qu'ils ne connaissent pas. Alain pose vraiment ses mains, et c'est un kidnapping. Il me plante dans le sol et en même temps, c'est comme si j'avais des branches immenses qui poussaient jusqu'au ciel. Des fleurs, des feuilles, de la lumière qui filtre à travers. Il y a tout ça dans la case qui vient colorer mon manga intérieur quand il se penche plus près de mon oreille et me demande : « Tu viendras, Élise ? » Et mon prénom, dans sa bouche, a encore une fois l'air d'un mot d'amour. Élise, acceptez-vous de prendre pour époux Alain, ici présent ? Voilà ce que ça me fait quand j'y pense.

J'ai recopié son adresse sur mon agenda, au cas où mon téléphone plante. Emma trace des croix sur la station de métro : « Glacière ? Ça fait morgue, n'y va pas ma vieille, si ça se trouve il va te dépecer ! »

Il y aura deux changements au retour. Si je compte deux minutes par station, ça fait trente-huit minutes de trajet. J'ai dit à maman que j'allais à la piscine. À mon père, je n'ai rien dit du tout. De toute façon, il trouve qu'il faut me laisser de l'air si on ne veut pas que je parte faire le djihad. Depuis que j'ai eu mon bac, il est tellement soulagé qu'il évite de me poser trop de questions.

Je ne sais pas ce que je choisirai comme agenda en octobre. C'est fou de rentrer à la fac un mois après tout le monde. L'année dernière, à cette époque, je faisais ma rentrée des classes. Mais ce matin, c'est moi qui ai déposé Romane à l'école pour son premier jour. Elle m'a serré la main plus fort quand le CM2 qui lui fait peur est arrivé. Il a pris quinze centimètres pendant l'été. Elle a voulu que j'attende que ses copines soient là pour partir. Elle a insisté pour que je lui raconte encore les boutons qui vont bientôt lui pousser sur le visage et ses poils de barbe qui perceront à travers. Elle a ri trop fort. Il s'est retourné et elle a rougi. Puis, devant ses copines, elle a fait la grande. J'aime bien quand elle est fière d'être avec moi. J'ai pensé à maman qui râle, parce que Romane lui interdit depuis un an de l'embrasser devant l'école.

Après, je suis rentrée à la maison et maman n'était pas encore partie. Elle m'a prêté sa blouse turquoise pour la journée, en me demandant si j'étais sûre que j'allais à la piscine et pas plutôt au bal. Et puis elle a plaisanté, me recommandant de profiter à fond les ballons de ce mois de vacances supplémentaire. J'ai demandé des nouvelles d'Émelyne, sa meilleure amie, qui part souvent avec nous, mais pas cette année. C'est dommage, elle est drôle, mais elle n'a plus le temps de venir nous voir. Elle a rencontré un type, elle est amoureuse, mais il est marié. Alors elle reste chez elle, au cas où il appellerait pour passer. Une fois, elle était chez nous quand il l'a appelée et elle est partie en courant. En détachant son iPhone du chargeur, elle a arraché la prise du mur. Depuis, il y a le trou d'Émelyne dans le mur. Et papa dit que l'amour rend fou. Je ne sais pas, mais moi depuis que j'ai rencontré Alain je ne pense qu'à ça. L'amorrrrre ! Ça recouvre tout mon manga d'étoiles.

– Il va sûrement quitter sa femme pour Émelyne, j'ai dit.

– Mais non, tu ne connais pas la théorie des deux gamelles ? m'a répondu maman.

La théorie des deux gamelles ? Elle était contente de m'apprendre un truc. Ça veut dire que quand il s'ennuie chez lui, il pense à Émelyne. À l'inverse, quand Émelyne lui en demande trop, mais jamais de vider le lave-vaisselle, il profite, puis tout ce confort l'étouffe, alors il rentre chez lui.

Avant de partir travailler, maman me claque un baiser dans les cheveux, avec son truc de me respirer quand elle le fait. Et elle dit toujours « tu sens bon, tu es belle, je t'aime ».

Je ne pense pas que papa ait une autre gamelle. Mais depuis que j'ai eu mon bac, je me rends compte que les choses de la vie ne sont pas forcément comme je les crois. Par exemple, en mai dernier, j'aurais ri au nez de quiconque me parlant d'un type s'appelant Alain, faisant flipper tout son étage, et m'invitant pour un verre chez lui.

Je choisirai un agenda Filofax. Ils font des couvertures similicuir vraiment classe. Quand on a le bac, on ne se sert plus des agendas scolaires. Enfin je crois ? Il n'y a que ma mère pour s'en acheter, parce qu'elle les trouve stylés et qu'elle aime avoir la place pour écrire en détail ses rendez-vous et ses listes de courses. Ainsi que les idées qui lui viennent pour le Noël de chacun. Elle commence Noël en janvier. On ne peut pas regarder quelque chose dans un magasin, Max, Romane ou moi, sans qu'elle le note.

Moi, je n'ai pas besoin de noter. Je me souviens de tout, chaque regard, chaque silence et mouvement de paupière, chaque note plus basse dans sa voix. Son âge, tant pis. De toute façon, je n'ose pas le lui demander. Ça fait bébé, ce sont des questions qu'on ne pose plus après le bac. Un peu comme le métier des parents ou la couleur préférée. « C'est un vieux monsieur, on ne demande pas son âge à un vieux monsieur, ça ne se fait pas ! » plaisante Emma qui parie sur 50 ans, voire 51. Voire 56 ! Sans jamais l'avoir vu. Mais sa mère, astrologue, assure que ses clients contiennent toutes les réponses quand ils arrivent. « Il suffit de le regarder, ton gars », dit Emma.

2.

Sauf que c'est loin d'être un gars. C'est plutôt un aimant. Entre l'aimant et le virus. Je retourne dans mon manga intérieur avec chaque vignette qui explose les contours de son cadre en étoile. Mes yeux font des éclairs. Je n'arrive pas du tout à penser à autre chose depuis que je l'ai percuté dans le couloir.

Pendant mon stage d'été, c'était Annie, ma copine de la réception, qui me donnait les instructions : répondre au téléphone, apporter des cafés, du courrier, aller chercher des plateaux-repas, accompagner des clients dans une salle de réunion. Deux semaines de stage en images noir et blanc pour un début de CV de fille qui se bouge – essentiel à ma vie future, même si le bac à 17 ans c'est déjà très bien –, jusqu'à ce que je me cogne à Alain sur le palier, un café dans chaque main. Et les deux sur son costume. Case manga jaune d'or.

– Pardon, monsieur ! Je suis désolée ! J'ai pas fait exprès, je suis désolée ! Pardon !

– Vous ne devriez pas vous excuser autant, tout va bien, m'a-t-il dit en retournant s'essuyer dans son bureau.

Sa porte a claqué mais elle était vitrée et j'ai vu son dos s'asseoir contre le grand dossier, et sa main attraper la boîte de Kleenex. Quand j'ai dit à Annie que je venais de percuter le boss d'en face avec mes cafés, elle m'a expliqué que c'était étonnant qu'il n'ait pas râlé plus que ça.

Quand je l'ai imité à Emma, s'essuyant grossièrement avec sa poignée de Kleenex, super viril, et taciturne avec tous sauf avec moi, elle a parlé d'un gorille et j'ai dû essayer de trouver pourquoi il n'était pas du tout un gorille mais plutôt un professeur, qui ne me prend pas pour son élève. « Tu vois ou pas ? » Elle a répondu : « Non, je vois pas ! » Alors j'ai raconté l'ascenseur, le lendemain, quand Alain a posé ses yeux sur les miens et que j'ai eu l'impression que les miens sortaient de mes orbites pour se coller aux siens. Il m'a dit : « Élise, n'hésitez pas si vous avez envie de me balancer un café dessus. D'ailleurs, venez me voir dans mon bureau après ma réunion. » Je n'ai pas osé, alors il m'a fait signe, derrière sa porte vitrée. « Le boss t'appelle », a dit Annie.

Il m'a demandé comment se passait mon stage, ce que j'allais entamer comme études. Il y avait ses paupières magnifiques, ses cernes, sombres, la trace de sa barbe, et le monde qui ne tournait plus du tout autour de nous. On était seuls tous les deux. « J'aimerais bien te voir en dehors d'ici. » J'ai eu le sentiment de recevoir un premier rendez-vous d'adulte, pas un truc nul comme « tu veux pas qu'on aille au parc à 17 heures ? » Non, un vrai rendez-vous amoureux, avec tout ce que raconte Émelyne des pieds qui décollent du sol.

Est-ce que ça va être Alain Sedième ma première fois ? « Ton problème majeur va être de réussir à l'appeler Alain », a plaisanté Emma. Il n'y a vraiment aucun Alain parmi nos connaissances, même chez les amis de nos parents. Ça n'existe plus nulle part, Alain ! « Appelle-le Al », m'a conseillé Emma.

Je sonne à l'interphone. Il ouvre sans demander qui c'est. Il dit juste « sédième ». Et moi, je réponds : « Oui, bonjour, c'est Élise, OK, ça marche ! » Je m'étais promis de l'appeler Alain mais je n'ai pas réussi. Je vais le faire en passant la porte. C'est le premier pas qui coûte, non ? Comment a fait ma tante, mariée à un Yannick ? Je sens la blouse turquoise me coller au dos et surtout le slim me coller aux fesses. J'appelle l'ascenseur, je sors la blouse par-dessus le slim. Puis dans l'ascenseur, je la remets à l'intérieur avant de faire la police des trous : yeux, narines, dents, est-ce que tout est impec ? J'ai envie d'envoyer un selfie à Emma mais je suis déjà au cinquième, alors j'ai juste le temps de basculer mon portable sur silence. Les vieux trouvent ça mal élevé quand ça sonne à tout bout de champ. Il n'y a que mes parents pour supporter les dix-sept notifications par minute, même à table.

3.

Alain me fait signe d'entrer en ouvrant la porte et le bras. « Bienvenue, Élise. » J'essaie de faire comme quand j'arrive chez mes amis, c'est-à-dire jeter mon sac par terre, balancer mon blouson et sauter sur le canapé, mais je n'ai ni blouson ni sac, et le canapé est beau comme dans un magazine de décoration avec des plaids, des coussins. Je m'assois du bout des fesses en regrettant d'avoir l'air aussi coincée. Les genoux en dedans sur l'image 1 du nouveau chapitre de mon manga, socquettes blanches et ballerines vernies sur l'image 2, même si je ne porte ni socquettes ni ballerines vernies. Je le vouvoie. Ça fait plusieurs fois qu'il me propose de le tutoyer mais ça ne sort pas. Ni Alain, ni tu. Donc je fais des phrases à l'infinitif. Il va penser que je suis complètement débile. Il me propose un café, je réponds « serré, avec plaisir », alors que je déteste le café, mais je ne sais pas comment prononcer la phrase sans verbe et sans sujet qui ressemblerait à « OK pour un café, mais est-ce que tu peux me l'allonger, s'il te plaît, Alain ? »

Quand il me le tend, c'est « Merci, monsieur » qui me vient, du coup, je ne dis rien. C'est impoli. Alors trente secondes plus tard, je lâche un super. Il répète super.

Il évoque ce lieu calme où il est bien plus tranquille qu'au bureau pour travailler, avec cette belle vue, et me conduit sur le balcon de la taille d'une chaise. On m'a toujours appris à laisser ma place aux vieux mais là, je la prends, je m'assois. Il est derrière moi, et son bras passe devant pour m'indiquer les monuments. Je confonds le Panthéon et l'Opéra, Montparnasse et la Défense. À chaque fois que je dis une bêtise, il me reprend. Je suis sûre que papa s'énerverait. Il dirait que ça fait dix fois qu'il m'emmène à l'Opéra et que c'est dramatique de confondre encore Bastille et Garnier. Alain est penché derrière moi, son bras tendu comme si on était en pleine mer. Le vent se lève. Dans mon manga, c'est lui le héros brun aux cheveux japonais qui prennent des formes extraordinaires, parfois comme des stalactites horizontales. Je n'ose pas tourner la tête vers lui parce que mon visage serait alors trop près du sien, mais l'image de manga ne peut pas rester inerte, sous le vent. Alors je tourne doucement la tête et me retrouve pile face à une mèche de cheveux gris dansant et caressant un grain de beauté qu'il a dans le cou, à la lisière du col de sa chemise, grumeleux, comme un cornichon. Alors je me tourne vers les monuments et je pense que ce n'est pas grave, on a le droit d'avoir un grain de beauté ! Même si c'est un cornichon ! Ma case de manga se rebelle, elle veut dessiner le défaut, mais moi je ne veux pas ! Vas-y, gomme, regarde ses mains plutôt ! Ses mains fortes-magnifiques qui se referment sur mes épaules, comme ses paupières sur moi.

Le grain de beauté réapparaît. Stop ! Tout petit, pas grave, à la lisière de son col de chemise. Ignore ! Oublie ! Mon manga vire au rouge. Je regarde ailleurs. Mais quand l'image du cornichon du cou d'Alain arrive quand même dans mon cerveau, j'applique le truc d'Emma quand elle devait manger quelque chose qui l'écœurait à la cantine : je pense à une cascade, dans la montagne sous les tropiques, je me réfugie dessous. Il y a des feuilles vertes autour. C'est pur. J'ai un peu froid à cause du frisson qui chasse toute mauvaise sensation. Je me sens mieux. Mon manga intérieur passe du rouge au mauve. Ça revient : lui en entier, lui sans défaut, avec ses paupières qui m'englobent quand il me regarde. Il n'y a que moi quand il me regarde, c'est comme si je devenais tout, autour de lui. Je suis lumineuse, parfois je l'éblouis, et il plisse les paupières, du coup ça devient encore plus intense. Et là, il dit « Élise », et je peux m'évanouir tellement ça fait du bien quand il m'appelle par mon prénom. C'est comme un secret. Il sait transformer mon prénom en mystère. Je n'ai pas peur quand il le prononce, mais je tressaille, comme s'il ouvrait une porte vers un aller sans retour.

Son visage est très proche, il sourit. Je découvre alors sur sa gencive une toute petite boursouflure de cornichon, vraiment minuscule, quasi invisible, et pas verte du tout, mais l'idée naît que, peut-être, une de ses dents lutte pour ne pas laisser éclore un cornichon.

4.

Papa me demande ce que j'ai à le zyeuter comme ça. «À mon avis, elle te trouve beau», dit maman. L'image est floue. En fait, j'essaie de voir s'il a lui aussi un cornichon intérieur général prêt à lui faire claquer la peau par endroits. J'ai bien fait rire Emma avec mon cornichon. Quand je suis sortie de chez Alain, je l'ai appelée. Elle est allée à l'essentiel: «Alors? Alors?» Eh bien, non! Rien! On a parlé! Juste une sorte de grand hug à la fin. La preuve que c'est du sérieux. Il m'a respectée. Il m'a serrée. Il sent bon. Un mélange de chemise repassée et de parfum envoûtant. Je dirais Guerlain. J'en avais sur la joue en partant, je l'ai senti dans le métro, par effluves. Pas vinaigré, le parfum, plutôt un truc qui rend accro. La prochaine fois, j'essaierai de savoir ce que c'est. Après, j'irai chez Sephora en mettre sur une touche. Je pourrai le respirer tout le temps. Quand je m'éloigne, il me manque.

«Eh ben dis donc, t'es amoureuse?» m'a demandé Emma.

Oui. Mais quand je l'approche, je me sens floue. Ça, je l'ai gardé pour moi. Ça va peut-être passer. C'est étrange de ne pas être amis. Ça ne peut pas être un ami. D'ailleurs, on s'est serrés. Il a posé sa bouche dans mon cou et j'ai fait pareil dans le sien, mais pas côté cornichon. Après le balcon, on est rentrés se mettre à l'abri du vent. J'ai traîné devant les photos de la cheminée. J'ai vu une femme avec des enfants. Je lui ai demandé si c'étaient ses enfants. Il a dit oui. Il a ajouté «La photo ne date pas d'hier, ils sont grands aujourd'hui!»

Grands comment, je ne sais pas. Sur la photo, le dernier est un bébé que la mère retient alors qu'il escalade son épaule. La mère, on dirait la mannequin des montres Pulse. Je l'ai prise en photo pendant qu'il allait aux toilettes. Même en me mettant au sport, jamais je ne serai aussi bien foutue. Ensuite, il m'a tendu un livre, des photos sur des fous dans un asile. Au début j'ai ri, puis j'ai compris que c'était un sujet sérieux. Il n'a pas beaucoup parlé mais il a approché sa tête en même temps qu'il décrivait parfois la lumière du bout du doigt. J'aime bien ses mains.

Mon téléphone bipe. Mon cœur éclate à chaque notification. J'ai reçu plusieurs messages en rentrant chez moi. Alain parle de l'émotion qu'il ressent avec moi, il dit qu'il a hâte. Hâte d'être demain. Quand je suis partie, il a glissé sa bouche loin dans mes cheveux et derrière, sous la nuque, puis il est revenu vers l'épaule et j'ai senti la boutonnière du haut de la blouse turquoise de maman qui tirait. « Reviens vite, tu me rends fou », il a dit. Maintenant, j'arrive à lui dire tu, mais Alain, ça me fait encore bizarre.

Chaque soir, ça frappe à ma porte. C'est ma mère qui vient parler, deux minutes. Elle a l'habitude de me demander « ça va ? » comme elle me dirait « je t'aime ».

– Au fait, je ne t'ai pas demandé, c'était bien la piscine ? Tu étais avec Emma ?

– Je n'y suis pas allée. Mais je voulais savoir, dis-moi, un truc… Pour la théorie des deux gamelles… À quel moment la gamelle se transforme-t-elle en Frisbee ?

Elle plisse les yeux, comme elle fait quand elle sent que son rôle de mère prend un sens : « Tu me laisses la nuit ? » me demande-t-elle.

Le pire, c'est que je sais qu'elle réfléchit à ma question pendant que j'envoie ma réponse : J'ai hâte, Alain, viens me chercher. Par écrit, son prénom fonctionne de mieux en mieux.

. 5

Septième. Sur les boîtes aux lettres, je vois son nom à plusieurs endroits, et son nom encore, accolé à un autre. *Le nom de ses parents, certainement,* pense mon cerveau, avant que mon rire ne me fasse m'arrêter et envoyer une capture des boîtes à Emma. La vignette du manga est noire.

Donc il vit avec sa femme et leurs enfants, ici, à un autre étage. Et si je la croisais dans l'ascenseur ? Si elle me prenait pour une gamelle ? Elle me pousserait ou me lancerait, comme un Frisbee, et j'irais m'écraser plus loin. Peut-être même en bas de l'immeuble. Si elle vient sonner pendant qu'on est dans une vignette rose, à regarder un livre sur les fous, qu'est-ce qu'on fait ? Est-ce qu'elle a les clefs ?

Alain a déjà le bras ouvert. « Entre, Élise », dit-il, comme hier. Avant-hier. Hier, il a promis d'attendre un peu. «J'aime bien que tu sois sérieuse, ça m'excite.» Et après, une autre phrase bizarre, qui est rentrée dans le manga comme un couteau et qui a déchiré des pages: «J'apprécierais que ma fille soit aussi sérieuse que toi.» J'ai repoussé la question de l'âge, mais je l'ai finalement posée et il a répondu: «comme toi, 18.»

Quand Alain va aux toilettes, je regarde encore la photo. J'ai beau l'avoir dans mon téléphone, quand je la vois en vrai, elle me fait un autre effet. Chaque jour, sa femme est de mieux en mieux foutue. Sa fille aînée, de plus en plus une de mes copines. Le bébé, c'est sûrement sa petite sœur. Comme Romane pour moi. Au milieu, il y a Dark Vador pour elle, et Max pour moi. La femme, c'est maman, même si maman a les cheveux moins longs. Chez nous, c'est papa qui prend la photo. Ici, c'est lui.

«Tu viens? On passe à côté?» me demande Alain. À côté, il y a sa chambre. On y était hier. C'est petit, avec une sorte de banquette par terre. Il est midi. Je croyais qu'on irait au cinéma. Il a parlé de ça dans un message. Cette fois, il déboutonne son pantalon. Il me dit de rester debout, il aime bien me regarder d'en bas. «Déshabille-toi ma grande.» J'attends qu'il se relève, mais il tend sa main vers moi. Je porte le polo fuchsia de maman, mais pas sa ceinture cow-boy qu'elle avait déjà sur elle ce matin. Quand Alain s'allonge, la tête sur les coussins, je vois ses dents du bas. Elles sont un peu vieilles, avec des reflets marron. Ce ne sont pas des chicots mais il a la mâchoire ringarde. C'est bizarre, je ne l'avais pas remarqué jusque-là. C'est comme une ossature d'ancêtre. Il y en a plusieurs dans mon encyclopédie d'histoire. Si je regarde ses yeux, ça va, donc je n'ai qu'à regarder ses yeux. Mais ils se troublent quand il a envie de moi. Le truc un peu mouillé, horrible, tout ce qui m'énerve déjà chez les types de mon âge. Le truc hein-hein, comme on l'appelle avec Emma.

– Je ne l'ai jamais fait, lui dis-je.

– Je sais, je sais, viens, répète-t-il.

Il se lève, tend les bras vers moi, comme il a dû le faire, dos à la piste, pour accompagner sa fille dans son premier chasse-neige.

Il m'interroge encore, d'un hochement de menton, à la papa, alors qu'est-ce que tu fous ? Tu vas arrêter ces enfantillages ? Exactement comme la fois où je devais rentrer à minuit à la maison et où je suis arrivée à 3 h 28, et papa, furieux, répétait « 3 h 28, tu te rends compte, 3 h 28 ! », et maman passait des larmes de l'angoisse au fou rire à cause du 28, mais ce détail, elle me l'a avoué plus tard : Papa lui avait collé des gloussements terribles avec son 28 alors qu'il aurait pu arrondir à 3 h 30. Et donc je pense à ça, pendant qu'Alain me prend la main, son hein-hein revenu, « allez, viens, Élise », et il m'emporte sur son lit. Mais quand il dit mon prénom, je n'aime plus. La case du manga vire caméléon, couleur hein-hein, couleur polo fuchsia, qui jure avec le vert du drap. Il se met torse nu, je me concentre sur ses poils gris en me disant *Tout va bien, ils n'allaient pas être roux, fais pas l'étonnée, tu avais vu ses cheveux*, mais ça va de moins en moins bien, d'autant qu'il hein-heine sur ma culotte en me demandant « on y va ? ».

Où ça ? En réa ? Au bloc ? J'ai peur. Ce n'est pas la peur de la première fois, c'est une peur plus triste, sans papillon, sans lumière.

Je me relève, avec le polo fuchsia en bouclier. À distance, c'est bien. Les messages. Dans la tête. Au bureau, quand il ne voit que moi. Mais là, c'est l'inverse. On ne peut pas aller se promener un jour ? Se donner la main ? On est obligés de faire tout, tout de suite ? « J'ai été patient, ça fait deux jours que je te laisse le temps », dit Alain. Il me coupe en deux avec son regard-glaçon, et j'ai envie de le faire refondre pour ne plus avoir peur.

Je me force à ne pas partir. « Tu es une grande fille, tu sais ce que tu veux, non ? Tu viens pour quoi exactement ? » insiste-t-il.

Il est à nouveau sur le dos. « Regarde », dit-il, mais je ne peux pas obéir. Plutôt mourir que de le voir nu.

Je fixe le mur, puis son visage, un peu, sans jamais regarder plus bas. C'est une scène d'amour sans moi et sans amour. La vignette devient grumeleuse, le cornichon me paraît énorme dans son cou, sans la chemise. Le réveil indique 12 h 28. Pourvu qu'il ne dise pas *san-wich*. Maman qui aime décortiquer ce que je ressens me demande toujours où je me trouve sur une échelle de 1 à 10.

J'évalue 10 en trouille, 10 en envie de partir, et 0 en désir. Pendant ce temps, il me fait des choses. Il dit aussi. Il insiste encore. Dans mon manga intérieur, il y a une toile d'araignée. Une toile d'araignée dans une grotte. Une toile d'araignée dans une grotte sous-marine. Une toile d'araignée dans une grotte sous-marine dans un labyrinthe. Je vois Romane dans le dédale de bosquets de Chenonceau, qui rit de ne pas trouver la sortie. Maman qui fronce les sourcils comme si elle voulait dénouer le labyrinthe juste avec son regard.

« En fait, je vais y aller », dis-je, récapitulant ma liste dans ma tête, sachant qu'en cas d'oubli je ne reviendrai jamais, donc polo dans mes mains, barrette sur la table de nuit et sac par terre dans l'entrée. Il ne me raccompagne pas. Quand j'ouvre la porte, il crie : « Élise ? » J'ai l'impression de faire le mur. Je pars sans répondre, refermant la porte le plus doucement possible pour qu'il croie que je suis encore là.

6.

Je pars, le cœur à 200, et la dame des montres Pulse me tient la porte de l'immeuble en disant « elle est un peu dure, il faut tirer fort ». Je déguerpis à toute vitesse. Sans merci, et encore moins de « super ». Dans mon manga, elle me harponne avec le noir de ses yeux turquoise et me balance son sac à main dans la figure. Il y a des majuscules : « Gamelle ! elle gueule, gamelle, t'es qu'une gamelle ! » Le pire, c'est qu'en entrant dans le métro, j'ai un texto de maman qui m'explique que la gamelle, comme le Frisbee parfois, sont des ustensiles pour chien. Et pas pour jeune femme. N'accepte jamais d'être le chien de personne. À bon entendeur tout ça ma chérie.

Elle n'a pas vieilli par rapport à la photo, la mannequin Pulse. Enfin si, un peu, mais ce ne sont pas des traces de vieillesse, ce sont des traces de vie, comme dit papa. La vita !

Est-ce qu'elle monte parfois au septième ? Est-ce qu'Alain lui dit « viens, approche, viens là », est-ce qu'il la bouscule sur les coussins chamarrés ? Quand il m'a agrippée, je ne pouvais pas arrêter de penser à papa. C'était ridicule. Je voyais mon père essayant de se taper une de mes copines. Emma, je n'y arrivais pas, parce qu'à chaque fois elle lui mettait un coup de genou. Alors j'ai pris Jeanne, qui est toujours romantique, douce et amoureuse, et je voyais les dents de mon père, et elle, toute timide devant lui, assez gauche avec ses bras ballants. Et soudain tout a bugué. D'abord parce que le marron de mon père est beau, même quand c'est du marron italien, et ensuite, parce que le visage d'Alain est réapparu devant moi, avec son hein-hein dans l'œil et j'ai pensé une chose, de plus en plus claire, une chose qui ne rentrait plus dans mes images sinistres de manga. Ça déchirait toutes les pages et c'était pas joli. Alors à force qu'il insiste, je l'ai dite, cette chose : « Je crois que je ne suis pas prête. » Il restait toujours aussi hein-hein, dans l'œil, et dans les mots « oui, c'est ça, ma belle, tu as raison, viens », alors j'ai répété « non, ça va trop vite », et lui « allez, n'aie pas peur » et plein d'autres choses qui ont collé des scotchs de marbre noir sur le manga déchiré. « C'est quoi ton problème? Tu as peur de quoi?» Tout ça, en soulevant mes cheveux et en me bavant dans le cou. Et devant mon inertie, il a répété «tu ne sais pas ce que tu veux», essayant tout seul de calmer son hein-hein, puis se ravisant en se collant à moi. Et j'ai détesté qu'il refuse de comprendre, alors j'ai eu envie de le vexer, surtout quand il m'a demandé si les petits copains de mon âge étaient plus à mon goût, alors je l'ai trouvé méchant. J'ai réussi à dire: «Je ne trouve pas ça intéressant.» J'ai précisé que je préférais qu'il me montre des monuments, voire des photos d'asile. J'ai eu peur qu'il s'énerve.

«Tu vas le regretter», m'a dit Alain quand j'ai remis mon polo. Il n'avait presque plus le hein-hein, mais un air flou un peu dégueu. J'ai cherché dans la pièce les vignettes d'avant, roses et blanches, bleues et vertes, mais c'était une immense case grise, sale. Il n'y avait plus rien. Comme un calendrier de l'après. En descendant l'escalier, j'ai eu peur qu'il me suive.

Ensuite, Dame-Pulse m'a tenu la porte du hall, m'a souri gentiment, et j'ai couru. Pendant mon sprint, j'ai encore eu une pensée pour papa avec son histoire de sport bon pour le corps, bien sûr, mais surtout vital pour la tête et pour l'énergie.

J'espère que j'arrêterai de penser à lui quand j'aurai un amoureux. Emma dit que le copain d'Anton me trouve drôle. Je ne sais pas si c'est un compliment. Anton dit que si. Emma confirme.

J'arrive chez moi. Il y a maman, derrière la porte, qui prépare le dîner. Emma qui m'a envoyé dix-sept messages pour savoir, alors-alors !, papa qui regarde la télé en criant que c'est trop marrant les pubs maintenant, avec les mecs qui font tout, le ménage, le petit déj, les courses, les couches, les biberons, les devoirs, « quand est-ce qu'ils auront leurs règles ? », maman qui pouffe, Romane qui me demande avant même que j'aie refermé la porte si samedi je peux l'emmener voir le petit carrosse Sylvanian au Monoprix, Max qui veut de l'aide pour ses proba. Et Alain, qui vient de m'écrire : Je ne comprends pas ton attitude. À bientôt ?

Je m'assois à côté de papa qui m'entoure l'épaule d'un bras en disant : « Je crois qu'il y a des *raviollllllllllllli* pour le dîner ! »

Il sait qu'il m'énerve, mais pas ce soir.

L'AFFICHE DE *JOHN WICK 2*

Vincent Mondiot

Cette image est projetée contre la face intérieure de mon crâne plusieurs fois par jour. C'est l'affiche de *John Wick 2*, vous voyez ? J'ai l'impression que ce film est connu, mais peut-être que je me trompe… Il est bien. Vous devriez le regarder. Keanu Reeves y incarne un assassin à la retraite qui tue environ huit millions de gens pour venger la mort de son chien. Je ne peux pas vous dire que ça va vous rendre plus intelligents, mais les scènes d'action sont très chouettes.

Sur l'affiche, on voit Keanu Reeves en gros plan, cerné d'un tas de flingues braqués sur sa tête.

Oui, plusieurs fois par jour, je pense à cette affiche et, presque malgré lui, mon cerveau essaie d'imaginer ce que ça ferait de se prendre toutes ces balles en même temps. Les bouts d'os qui volent, les plaques de cheveux qui sont arrachées à mon crâne, mes yeux qui explosent, ma mâchoire qui se casse en deux, en trois, en quatre, ma nuque désarticulée, mes vertèbres éclatées. Mon cerveau s'imagine réduit lui-même à l'état d'une purée rose qui s'échappe en grappes mousseuses par les trous dans ma tête, il se repasse au ralenti le moment où, mon visage arraché par les impacts, je m'écroule à genoux sur le trottoir.

Je pense à ça plusieurs fois par jour et ça me fait du bien. C'est comme un genre de méditation, comme une façon d'accélérer le temps lorsqu'il est trop lent.

Je vous jure que je n'ai jamais eu envie de me suicider.

Mais quand j'attends le métro, je réfléchis à ce que je ressentirais si je sautais sur les voies au moment où il arrive.

Près de la maison de campagne de mes parents, je regarde les lignes à haute tension et je me demande ce que ça donnerait de les attraper à pleines mains.

Je marche sur un pont au-dessus de la Seine et j'essaie de deviner si, réellement, à cette hauteur, l'impact contre l'eau serait si violent que je mourrais directement du choc plutôt que de la noyade. Il paraît.

Récemment, j'étais à l'arrière de la voiture, c'était mon père qui conduisait, on était sur l'autoroute, il allait trop vite parce qu'il s'engueulait avec ma mère, et j'ai passé le temps en regardant mon reflet dans la vitre et en essayant de visualiser les conséquences qu'il y aurait, là, à ce moment précis, si j'ouvrais soudain ma portière. Mon corps qui heurte le bitume à plus de cent kilomètres à l'heure. De grosses flaques de sang qui s'échappent de mon crâne à chaque rebond.

Mais parmi tous ces rêves éveillés, celui qui revient le plus souvent, c'est l'affiche de *John Wick 2*. Pourtant, je n'ai jamais vu une arme à feu de ma vie, à part le vieux fusil de la Seconde Guerre mondiale que mon père garde accroché au mur de son cabinet. Mon grand-père a servi dans l'armée de de Gaulle. C'est l'une des grosses histoires de la famille. Après ça, il a joué un rôle dans l'administration algérienne, quand c'était encore une colonie française, mais franchement, ne me demandez pas lequel. Je sais juste que nous étions déjà riches avant lui, et que nous le sommes devenus encore davantage après.

Ce matin, en rentrant de l'entraînement, je pense une nouvelle fois à l'affiche de *John Wick 2*, en tout cas. J'ai ma raquette à la main et je la fais rebondir contre ma jambe droite, au rythme de mes pas, tout en imaginant ces dizaines de balles me traverser de part en part.

Cet après-midi, à quatorze heures, j'ai match avec Aymeric de Fécamp, un sombre connard contre lequel j'ai déjà gagné une fois et perdu trois fois. Son père connaît mon père, donc c'est une affaire importante. Ils étaient à l'ENA ensemble. Son père avait eu de meilleures notes que le mien. Paraît-il que c'est parce que l'un des profs était l'amant de sa mère, ou un truc comme ça. Ou, peut-être, mon père était-il simplement plus con que de Fécamp ?

Je suis encore à dix minutes de chez moi quand je les vois, assis dans l'herbe du parc : Sacha Kohl et Camille Norel. Il y a un banc libre à moins de, quoi, trois mètres d'eux, mais non, ils préfèrent l'herbe, dans laquelle est pourtant planté un panneau « pelouse interdite ».

– Yo, Constant ! Tu vas au tennis, fils de pute ?

Il faut savoir que Sacha, c'est une fille, et Camille, un garçon. Je me demande si c'est ça qui les a rapprochés, au départ. Les prénoms qui ont la même forme au masculin et au féminin, on appelle ça des prénoms épicènes.

– Non. J'en reviens.

Inutile de répondre au reste de la phrase, parce que les insultes de Camille, je les connais depuis notre classe de troisième, il y a trois ans, et j'ai appris à ne plus vraiment les entendre. Elles ne signifient rien. Simplement, peut-être que dans sa version tordue du monde, Camille considère que l'idée que j'aille au tennis représente un quelconque affront personnel ou que sais-je. Je ne cherche absolument plus à comprendre ce type.

J'aime bien Camille, cependant. Il est tout le temps défoncé et n'a jamais grand-chose à raconter, mais je pense que c'est quelqu'un de bien. Je ne l'ai jamais entendu dire du mal de qui que ce soit.

Assise en tailleur à côté de lui, Sacha me regarde d'un air mauvais, ses yeux de panda cernés d'environ cinq kilos d'eye-liner noir. Je me demande si elle sait que son nom de famille, Kohl, est l'appellation, justement, d'un truc cosmétique qui sert à ça... Probablement pas. Sacha ne sait pas grand-chose à quoi que ce soit, je crois. L'un comme l'autre, ils sont d'assez loin les pires élèves de ma classe, voire de tout le lycée. J'ignore pourquoi ils y sont toujours inscrits.

Non, si, je sais.

Parce que le père de Sacha est député, et parce que celui de Camille dirige des fonds d'investissement qui ont participé, notamment, à faire élire notre actuel président.

C'est marrant comme, au lycée, nos pères « sont » toujours quelque chose, et nos mères, jamais.

Encore un peu en sueur à cause de l'entraînement et de la chaleur, je pousse la grille du parc pour les rejoindre. Même si Sacha m'a toujours fait peur et que, finalement, Camille n'est pas mon ami ni rien, il me paraît difficile de ne pas aller les saluer. C'est quand même des gens de ma classe, vous voyez? Socialement, je suis obligé de passer au moins une minute ou deux avec eux.

Le portail grince. On est dimanche matin. Il fait beau. Il n'y a pas grand monde à part eux. Juste une vieille qui promène son chien et une femme noire qui surveille des enfants blancs aux balançoires. C'est un tout petit parc, réservé aux gens du quartier. Aux familles des élèves du lycée. Aux riches et à leurs employés.

– Ça va?

– Ça va. Et toi? répond Camille.

– Ça va.

– Cool.

– Oui.

Une très chouette conversation, assez typique de Camille. Je me demande combien de temps exactement la politesse m'oblige à rester là. Sacha continue à me fixer avec cet étrange mélange de haine et de dégoût qu'elle semble éprouver pour absolument tout le monde à part Camille. Au lycée, je ne l'ai jamais vue fréquenter qui que ce soit d'autre.

Elle sort des cigarettes. S'en met une entre ses lèvres, elles aussi peintes en noir. En tend une autre à Camille. Et, avec une générosité surprenante, me propose ensuite le paquet en haussant un sourcil interrogateur.

– Merci. Je fume pas.

– T'as jamais essayé ? demande Camille.

– Si, deux trois fois... Mais j'ai pas aimé.

– Normal. Personne n'aime, au départ. C'est comme le café ou l'alcool.

– Alors pourquoi vous avez quand même continué ?

Il allume sa cigarette. Sacha grogne, fait de même, et se laisse tomber en arrière pour s'allonger dans l'herbe, sa clope pointée vers le ciel bleu. Involontairement, je regarde un instant le mouvement de sa poitrine qui roule sous son t-shirt. Sur celui-ci est écrit, en énormes lettres rouges : KNIFE IN KNIFE OUT. J'imagine que c'est un groupe de rock. Sacha ne porte que des t-shirts de groupes de rock.

– Je sais pas du tout, gros..., répond finalement Camille avec un sourire enfumé. Eh, Sacha ! Y a Constant qui a maté tes seins !

– Non ! Vraiment pas, en plus ! Je regardais ton t-shirt !

– C'est pas grave, hein. Moi je lui mate tout le temps les seins.

– C'est sincèrement pas ce que je faisais !

– T'inquiète. Sacha s'en fout de ouf.

Comme pour prouver cela, l'intéressée continue à ne pas intervenir et à souffler sa fumée en direction du ciel. Je sais que, contrairement aux apparences, Sacha n'est pas muette, parce qu'il y a un mois ou deux, elle a traité Deloisel, notre prof d'art oratoire, de, je cite, « sombre tas de chiasse ». Il avait eu l'idée idiote de vouloir la faire participer. J'ignore s'il a considéré l'insulte comme une démonstration d'éloquence.

Toujours est-il qu'avec un soupir agacé, je m'assieds aussi, en bordure de l'herbe, mes baskets posées sur le chemin de gravier pour quand même plus ou moins respecter la pancarte d'interdiction. J'ai l'impression qu'à cause de cette histoire d'avoir ou non maté les seins de Sacha, je ne peux plus partir aussi facilement. Il faut que je m'extirpe de cette connerie si je ne veux pas devenir, dès demain, le pervers officiel du lycée. La femme noire et les enfants blancs passent devant nous et, avec une lenteur hypnotique, sortent du parc.

– Je te matais pas les seins, Sacha, je reprends à voix plus basse, en regardant, au loin, la vieille et son chien. Je me demandais juste ce que c'était, *Knife In Knife Out*...

– Ah, soupire Camille, déçu. Sérieux ? C'est un groupe de rock.

– OK. Je m'en doutais.

– Tu lui matais réellement pas les seins ?

– Réellement.

Impossible de me souvenir pourquoi j'ai un jour pensé que Camille était un type bien, plutôt qu'un complet connard. Avec ma raquette, je trace distraitement des lignes dans les graviers, entre mes jambes.

– T'es fort, au tennis ? reprend Camille.

Je pourrais lui dire que je suis classé nationalement, mais pas trop haut, parce que tous les gens de qualité savent bien qu'il faut être bon en sport, mais pas trop, parce qu'être trop bon en sport, ça mène à la professionnalisation, et qu'il y a bien plus prestigieux et bien moins vulgaire à faire de sa vie que devenir sportif professionnel… Je pourrais aussi lui dire que j'ai toujours détesté le tennis. Mais je suis fatigué d'avance par cette discussion.

– Ça va.

– Moi, je fais plus de sport, à part au lycée.

– Ah. Et tu voudrais reprendre ?

– Jamais de la vie, wesh !

Je ne suis pas plus étonné que ça. Depuis trois ans que je le connais, Camille a pris au moins quinze kilos, et il semble plutôt bien vivre cet état de fait… Je me demande quelle heure, précisément, il est. Ce matin, je suis parti m'entraîner directement en tenue, sans même prendre mes clés ou mon portable. S'il y avait des gens dans ce parc, à part la vieille et son chien, peut-être s'interrogeraient-ils sur ce que je fous déguisé en tennisman… Est-ce que demander l'heure à Sacha et Camille ne pourrait pas me servir de prologue pour annoncer mon départ ? On a fait le tour des sujets possibles, là, non ?

– C'est quand, la dernière fois que t'as fumé ? reprend Camille pour me détromper.

Je réfléchis. Passe mon pouce sur mes sourcils pour les lisser et en chasser la sueur. Dans les graviers, ma raquette a commencé à mollement dessiner une bite. Pourquoi on se retrouve toujours à dessiner ça, quand on gribouille au hasard ?

– Ça devait être à une cousinade… L'été dernier, je crois. Ma cousine fume, et elle m'avait filé une cigarette.

– Les cousinades ! Les belles cousinades ! répète stupidement Camille sans que je comprenne du tout pourquoi.

Derrière nous, Sacha se redresse sur les coudes. Moment historique : elle décide d'intervenir.

– Elle est bonne, ta cousine ?

Je suis un peu déçu. La rareté de la parole sachesque m'avait laissé croire que j'aurais droit à une leçon de vie profonde et inattendue.

– Pourquoi ?

– T'occupe. Elle est bonne, oui ou non ?

– Ça va. Plus ou moins. J'imagine.

– Tu la baises ?

– T'es ouf ou quoi ?

– Les bourgeois baisent beaucoup entre cousins.

Du bout de ma raquette, j'efface la bite que j'ai dessinée, et je commence à la remplacer par une spirale de plus en plus large. J'ai le vague souvenir d'avoir lu quelque part que le monde se divise en deux catégories : ceux qui commencent leurs spirales par le centre, et ceux qui les commencent par l'extérieur. Je fais clairement partie de la première catégorie. J'ignore ce que ça révèle de ma personnalité. Je sais en revanche ce que je pense de celles de Camille et Sacha. Il faut vraiment que je rentre chez moi.

– Vous êtes aussi bourgeois que moi…

– Ouais, mais nous on baise pas avec nos cousines.

– Je viens de te dire que moi non plus !

– T'en fais pas, me rassure Camille, si elle est bonne, on comprend.

– Je baise pas avec ma cousine, putain !

Depuis l'autre bout du parc, la vieille et son chien tournent tous les deux la tête vers nous. Puis, d'un même pas pressé, ils s'en vont à leur tour. Je me retrouve seul dans ce guêpier avec les pires idiots que j'aie jamais rencontrés. Abandonnant ma raquette et ma spirale, je me laisse moi aussi tomber en arrière dans l'herbe.

Et je prends conscience que mon père est absent, ce matin. Il est parti au golf avec un pote d'école ou que sais-je. Il ne rentrera qu'en début d'après-midi, pour m'accompagner au match. Probablement a-t-il laissé comme instructions à Fatah de me faire du riz, ce midi… C'est toujours ce qu'il me force à bouffer, avant un match. Je n'ai pas mangé, ce matin. J'ai un peu faim. Mais pas tant que ça, en vérité… Simplement penser au riz de Fatah me donne envie de ne plus rien avaler du reste de mon existence.

En tout cas, mon père ne sera pas là pour constater que je sens le tabac.

Au-dessus de mon visage, je trouve l'uniformité du ciel apaisante. Nous sommes en avril. Ce sera bientôt la fin de l'année scolaire. Bientôt, mais pas encore tout de suite. Un bref instant, je ressens une étrange nostalgie par avance. Comme si Sacha et Camille me manquaient déjà, alors qu'ils sont juste là. Et qu'en plus, je ne les aime pas.

– Je peux avoir une cigarette ?

– Je croyais que tu fumais pas ?

– Une cigarette, c'est pas fumer.

– C'est une vraie phrase de fumeur, ça, comme « j'arrête quand je veux ».

– Si tu veux pas m'en passer, je m'en fous, m'en passe pas.

– T'avais qu'à accepter tout à l'heure. C'est trop tard, baiseur de cousines.

Je les hais.

Camille glousse, tout en fouillant dans le sac à dos posé à ses pieds. C'est son sac de cours, je crois. A priori, il n'a jamais contenu aucun manuel scolaire.

– T'inquiète, Constant. J'ai mieux pour toi…

Maintenant, Sacha glousse elle aussi. Ai-je déjà dit que je les haïssais ? Camille sort son paquet de tabac et ses feuilles à rouler.

– On va s'allumer un boze. Un bon gros boze des familles. Un giga boze plus gros que tous les bozes qui…

– Ta gueule et roule.

– T'as déjà fumé un boze, Constant ?

– Un joint ?

– Fais pas genre. T'as déjà, ou pas ?

Un instant, je me dis qu'il faudrait mentir. Mais j'ai l'impression diffuse que ça risquerait de se retourner contre moi. De devenir, d'une façon ou d'une autre, une nouvelle balle pour le barillet à moqueries de ces deux connards.

– Non. Ça m'a jamais tenté.

– Alors on va te dépuceler, poto.

Du coin de l'œil, je le regarde remplir la feuille. La lécher. J'essaie de ne pas avoir l'air trop intéressé.

– J'ai un match important, cet après-midi. Je peux pas fumer ça.

– Un match de tennis ? demande-t-il en tapotant son joint contre le sol.

– De quoi d'autre tu veux que ce soit ?

– Pas la peine de mal lui parler, intervient Sacha.

– J'ai mal parlé à personne !

– Ça te tuera pas, gros, argue Camille. Même, ça se trouve, ça va faire comme dans *Matrix*. Genre tu vas voir les balles arriver au ralenti et tout.

Je me demande si le fait qu'il évoque un autre film avec Keanu Reeves constitue ou non un signe du destin.

Probablement pas. Mais impossible d'être sûr. Ma famille est catholique. Officiellement, je le suis aussi. Officieusement, je pense être agnostique à tendance athée.

– Mon père me tuera, s'il sait que j'ai fumé ça.

– Alors il a qu'à pas le savoir.

– Logique…

– Ouais, hein ?

– Il le saura.

– Trop pas.

– Le force pas, coupe Sacha tandis que Camille allume le joint. S'il veut pas, il veut pas. Ils sont comme ça, les bourgeois.

– Putain…

Je me redresse et prends le joint des doigts de Camille pour le porter à mes lèvres.

Je tire dessus doucement, pour ne pas tousser. C'est la pire chose qui pourrait m'arriver devant ces crétins. J'y parviens. Je sens la fumée piquer ma langue. Je me demande quoi en faire. Je la garde un moment dans mes joues gonflées. Puis je rouvre la bouche. Ça va. Je n'aime pas le goût, mais j'aime bien l'odeur. Je me rallonge dans l'herbe.

– Alors ? demande Camille. Tu te sens un homme nouveau, gros ?

– Non. Pas spécialement.

– Laisse l'effet venir. Tire encore dessus.

Cette fois, j'aspire un peu plus longtemps, en parvenant à ne toujours pas tousser. Au-dessus de mon visage, la fumée s'intercale devant le ciel bleu. J'ai les yeux qui piquent. Peut-être envie de pleurer. Ça fait une nouvelle fois glousser Camille et Sacha. Tant mieux pour eux s'ils s'amusent.

– Vous connaissez les films *John Wick* ?

– C'est avec Keanu Reeves, non ? demande Camille.

– Oui. Comme *Matrix*.

– Ouais. J'ai vu le premier. C'était cool.

– J'adore ces films. Surtout le 2.

– Dans le 2, y a Ruby Rose, note Sacha. C'est ma lesbienne favorite.

– T'es lesbienne ?

– Bi.

– Ah ouais ? Cool. Vraiment cool... Je connais personne qui soit bi.

– Je suis dans ta classe depuis deux ans, connard !

– Comment ça ?

– Bah, tu me connais ! Et je suis bi. Donc tu connais une bi.

– Ouais, mais j'étais pas au courant... Donc je ne sais pas si ça compte.

– Ça compte, maintenant.

– Oui. C'est vrai.

Je porte une nouvelle fois le joint à mes lèvres. Je me sens bien. Je comprends comment on peut devenir dépendant de ce truc, je crois. La sensation de mon polo contre mon torse est étrangement agréable. Comme un massage immobile. Quelque chose comme ça.

– J'adore l'affiche de *John Wick 2*.

– Je vois plus comment elle est.

– Keanu Reeves et autour, plein de types qui pointent des guns sur lui.

– Ah. OK... Pourquoi tu la kiffes ?

– Aucune idée...

Au fond, si : j'ai souvent envie de me suicider, je crois. Pas *réellement* envie, je veux dire, mais... J'ai souvent envie de ne plus exister, en tout cas. Le joint commence à faire effet. Ni Sacha ni Camille ne me le reprennent, j'ignore pourquoi. Ils préfèrent sortir de nouvelles cigarettes. Je fume encore. J'ai l'impression, à la fois, de sentir chaque détail des brins d'herbe sous mon crâne, et de flotter à quelques centimètres du sol. Les deux sensations sont contradictoires, mais aussi plaisantes l'une que l'autre.

– Je déteste le tennis.

Ils allument leurs cigarettes. J'entends le bruit du briquet avec une précision surréaliste, qui me donne l'impression qu'il s'agit là du son le plus musical de toute l'histoire humaine. Je pourrais ne plus entendre que ça jusqu'à la fin de mon existence que ça m'irait.

– Pourquoi t'en fais, alors ? s'interroge Camille.

– Parce que mon père veut que j'en fasse.

– Relou.

– Oui. Très.

– T'as qu'à arrêter, propose-t-il.

– C'est pas aussi simple… Pas aussi simple du tout…

– Pourquoi ?

– Parce que c'est compliqué. De m'opposer à mon père et tout ça.

– T'as jamais osé ?

– Non.

– T'aimerais faire un autre truc que du tennis ? demande Sacha.

– Pourquoi pas... Peut-être.

J'ai mal au nez et aux paupières. Je ne sais pas pourquoi. Je suis bien, cependant. Le parc sent bon, je trouve. C'est l'odeur du chemin en gravier et celle de l'herbe. L'odeur de la terre battue ; c'est le seul truc que j'aime, au tennis. Ça, et le parfum des balles neuves à peine sorties du tube. Je ferme les yeux pour avoir moins mal au nez. Je tire sur le joint.

– Je déteste mon père, dis-je tout bas, en soufflant ma fumée.

– Ah ouais ? Chaud... Ça va, gros ? T'es tout pâle...

– Je déteste ma famille, mes potes au lycée, être un bourgeois qui fait des cousinades...

– Les cousinades ! Les belles cousinades !

– Vous avez de la chance de vous avoir, tous les deux. Je vous apprécie beaucoup... Votre amitié est vraiment très belle...

– C'est gentil, ça, Constant !

– Il est défoncé.

– Vole, gros ! Vole plus haut que les nuages !

C'est amusant que Camille dise ça, parce qu'il n'y a véritablement pas un seul nuage dans le ciel, là tout de suite. C'est magnifique. J'aimerais que le monde soit toujours un dimanche matin d'avril.

– Mec…, soupire Sacha, tu sais, t'es pas obligé de t'opposer à ton père, si tu veux arrêter le tennis.

– Si.

– Non. T'as juste à pas aller à ton match de tout à l'heure, et puis voilà.

– C'est m'opposer à mon père, ça…

– Non. Pas du tout. Tu comprends pas.

– Y a rien à comprendre…

– Ce que j'essaie de te dire, c'est que de temps en temps, ne rien faire, c'est le meilleur truc à faire. Tu captes ? Ne pas choisir, c'est un putain de bon choix, parfois.

Les yeux fermés, le joint entre mes lèvres, l'herbe sous mon crâne en lévitation, l'odeur fantôme de la terre battue dans mon nez douloureux, je suis foudroyé par cette vérité que je me dois absolument de partager avec vous tous : Sacha Kohl est l'une des plus grandes philosophes de notre temps.

– Ne pas choisir, c'est un putain de bon choix…, je répète doucement. C'est clairement une phrase de bisexuelle, ça, non ?

Ça fait beaucoup rire Sacha et Camille. C'est vrai que ma réponse était drôle. Réellement très drôle.

Je ne me rends pas compte que je transpire.

Que mon cœur bat trop fort.

Que le joint s'est éteint.

Que je m'endors.

Les balles de l'affiche de *John Wick 2* sont tirées.

Bang, bang, bang, bang, bang, bang, bang, à l'infini.

Elles me transpercent de toutes parts.

C'est la sensation la plus délicieuse de mon existence.

Celle que j'attendais depuis si longtemps.

Lorsque je me réveille, c'est au son de voix d'enfants, près des balançoires. Il y a de nouveau du monde dans le parc. Je me frotte les yeux et me redresse un peu. Un instant, je suis certain que Sacha et Camille en ont profité pour se casser. Mais non. Ils sont toujours là, assis près de moi. Ils me demandent si ça va. Me passent de l'eau. Me disent qu'il est un peu plus de quatorze heures.

Le match a commencé. Sans moi.

En refermant une seconde les yeux, j'imagine mon portable posé sur ma table de nuit. Son écran affiche dix messages en absence. Tous de mon père, pour savoir où je suis.

Pour la première fois, sans rien faire, je lui ai désobéi.

Ou, au moins, je ne lui ai pas obéi.

J'accepte, très sereinement, l'idée que je ne jouerai plus jamais au tennis. Et que de retour à la maison, je me ferai détruire. En fumant ce joint, j'ai initié quelque chose, même si je ne sais pas encore bien quoi. Un mouvement. Peut-être une esquive qui me permettra, un jour, d'éviter les balles filant vers mon crâne.

Avec un sourire coupable, Camille m'avoue qu'en réalité, ils m'ont juste fait fumer du tabac à rouler.

Ça me fait rire. Et presque pleurer, aussi.

Je me fiche qu'ils se soient foutus de ma gueule. Qu'ils continuent à le faire. Je me sens mieux ici qu'ailleurs. Mieux ici que chez moi. À mes pieds, ma raquette me regarde d'un air triste. Elle aussi, elle sait que c'est fini. En silence, je lui jure de lui trouver un nouveau propriétaire qui saura l'aimer. Et de, parfois, venir la voir jouer. Ainsi je pourrai continuer, de temps en temps, à respirer l'odeur de la terre battue, ou celle des balles neuves.

Je n'ai pas envie de me suicider.

Camille roule de nouvelles cigarettes et, tous les trois, nous les fumons en regardant les enfants sur les balançoires et en parlant de Keanu Reeves.

TU M'AIMES PLUS ?

Isabelle Pandazopoulos

Ça fait plus d'une heure qu'on est sur cette leçon. Malgré tous mes efforts, je bute sur les mots, je m'emmêle les pinceaux, alors qu'hier, je la connaissais sur le bout des doigts.

– Il y a quelque chose qui va pas, champion ?

Je baisse les yeux. Daddy insiste doucement.

– Nathan, regarde-moi ! Tu préfères qu'on arrête ?

Sous son regard perçant, je sens le rouge me monter aux joues. Je ne suis jamais arrivé à lui cacher quoi que ce soit. Je finis par marmonner :

– Oui, c'est mieux si on reprend demain.

Il referme le cahier et le glisse soigneusement dans mon sac à dos. J'ai les mains moites. Il me rejoint sur le canapé.

– Tu me dis ce qui se passe ?

Je m'écarte de lui.

Sa paupière gauche se met à trembler toute seule.

– Je te reconnais pas, fiston. Tu ne me fais plus confiance ?

Sa voix s'est brisée. C'est exactement ce que je voulais éviter. Je me foutrais des baffes.

– Je te dirai, je te jure, je te dirai mais pas ce soir. Demain, je… enfin, oui, demain. Tu veux bien ?

Il sourit, de ce grand sourire qui redonne de l'éclat à ses yeux, me donne un coup dans l'épaule, jette un œil à l'horloge qui se trouve au-dessus de la porte d'entrée. Il est dix-huit heures pile, le moment de commencer notre partie d'échecs.

Pendant qu'il installe le plateau, je file me chercher un pull. La nuit est tombée depuis longtemps, il fait un froid de gueux. Il fait toujours un froid de gueux ici. On s'y fait. Je m'y suis fait. On se fait à tout.

L'éducatrice prétend que j'ai du mal à dire *je*, que je me noie dans des généralités plutôt que d'assumer ce que je pense. L'autre fois, elle a insisté lourdement, elle a l'impression que j'ai peur. Elle me prend pour un con, l'éducatrice, elle croit que je la vois pas venir. Mais je sais comment faire pour qu'elle me foute la paix, je joue au garçon humble et attentif, sensible à tout ce qu'on me propose, j'ai bossé mon rôle des heures avec Daddy. J'ai bafouillé qu'elle avait peut-être raison. Elle s'est frotté le menton.

Et juste après, tout son visage s'est froissé de contrariété. Elle me croit pas. Ma meilleure défense, c'est d'être aussi lisse qu'un caillou. Ça m'amuse de la voir se prendre le mur à chaque fois. J'ai continué sur le même ton, juste pour le plaisir de la voir buter sur mes silences, affirmant d'une petite voix que j'avais besoin d'elle. Elle a refermé d'un coup sec son carnet où elle note tout ce que je dis pour en faire part au juge. À chaque fois que je sors de ces rendez-vous pourris, je me sens pousser des ailes. Je suis plus fort qu'eux. Ils pourront jamais m'empêcher de voir Daddy.

Il faut dire que je déjoue tous les pronostics. Premier de la classe, je suis aussi le délégué. Ça lui suffit au juge pour affirmer que je suis un être équilibré, parfaitement adapté à la vie en société. Ma famille d'accueil trouve que je suis un bon gars, jamais dans les embrouilles. Des jeunes aussi faciles à vivre, ils en redemandent tous les jours, répètent-ils à tout va, comme si j'étais un plat du dimanche, bien sucré et réconfortant. Je les laisse ébouriffer mes cheveux. Et je file dans ma chambre.

Je jubile en racontant à Daddy la fin de mon entrevue avec l'éducatrice.

– Sur le pas de la porte, elle m'a retenu par le bras pour me demander où j'avais si bien appris à faire semblant. J'ai ouvert des yeux ronds et j'ai eu l'air de réfléchir un instant et j'ai haussé les épaules. J'ai dit que depuis que tu fais des ateliers philo, on se fait des débats tous les deux. Pour que j'apprenne à trouver des arguments.

Daddy a éclaté de rire.

– Waouh, t'es vraiment trop fort ! Elle a réagi comment ?

– Elle a refermé un peu trop fort la porte derrière elle...

Il a levé les deux pouces en l'air. Et on a commencé notre partie.

Nos week-ends sont organisés à la minute près ou presque. Il n'est pas question de perdre une seconde de ce précieux temps où on nous laisse ensemble. Le samedi soir, on joue une petite heure avant le dîner et une autre après, et on finit la partie le lendemain matin. De faire par petits bouts, ça donne l'impression d'étirer les heures à leur maximum. Chaque fois, Daddy arrive avec un film à regarder sur le vieux magnétoscope pourri du salon. C'est souvent les mêmes.

À la bibliothèque de la prison, il n'y a pas beaucoup de choix et moi, j'ai le droit de venir avec rien. Je devine quel film il a envisagé de projeter ce soir. Comme demain, c'est mon quatorzième anniversaire, que c'est la deuxième fois seulement qu'on peut le fêter ensemble, il a dû opter pour notre film favori, un vieux truc qui nous émeut aux larmes. C'est *Madame Doubtfire* en VO sous-titrée, l'histoire d'un père divorcé, privé de ses enfants, qui se déguise en nounou et est engagé par son ex-femme pour être avec eux tous les jours. On en connaît les dialogues par cœur.

Pendant qu'il glisse la cassette vidéo dans l'appareil, il marmonne :

– Demain, j'aurai pas de bougies et pas de gâteau. Je suis désolé, fils, ils ont rien voulu entendre.

– Mais je m'en fous, Dad ! Je suis plus un bébé !

Il hoche la tête.

– T'es cool… C'est à moi que ça aurait fait plaisir de faire un truc… juste normal. Pour qu'on arrive à oublier quelques secondes qu'on est…

Il pense *enfermés*, mais sa bouche refuse de le dire. Il se contente d'un geste vague et il vient s'asseoir à côté de moi. Il a mis le son à fond. On chante par-dessus le générique, collés l'un contre l'autre. La tristesse va passer. *Faut la tenir en respect, sinon elle risque de te submerger,* il m'a aussi appris à contrôler ça, mes émotions négatives, à les regarder avec mépris comme si c'étaient pas les miennes, et à tenir jusqu'à ce qu'elles se tirent. *Faut fixer un point à l'horizon et jamais perdre espoir, fiston.* Je monte le son. Je voudrais que mon bide arrête de faire des nœuds.

Ils ont mis beaucoup de temps à accepter qu'on puisse se voir de temps en temps, pendant vingt-quatre heures, dans cette unité de vie familiale. Avant, on ne se voyait qu'au parloir, deux heures maxi. Là, c'est comme si on avait une vraie maison. Je dors dans une chambre à moi au milieu de la prison.

En pleine nuit, une alarme se met à hurler dans le bâtiment central. Ça me réveille en sursaut, je me roule en boule sur mon matelas et je mets mon oreiller sur ma tête. Ça me rend dingue d'imaginer ces mecs enfermés tous ensemble dans leurs cellules. Je chantonne à voix basse le temps que la sirène s'arrête. C'est fou l'énergie que ça nous demande à Daddy comme à moi de construire notre bulle au milieu de ce chaos. Alors forcément, quand on est ici, c'est *hyper* important. Il *faut* que ce soit parfait. Il a pris dix-sept ans pour le meurtre de sa femme. Ma mère. C'était un accident mais on ne l'a pas cru. Il paraît que je dormais dans ma chambre. J'avais quatre ans. Je ne me souviens de rien. Quand la sirène hurle comme ça au-dessus de ma tête, mon corps se couvre d'une sueur glacée ou il se met à trembler tout seul. Ça me fait un drôle d'effet, comme un dégoût. C'est personne, je pense, ce type qui hurle et qui souffre pas loin, un pauvre mec, un trouillard. Je finis par me rendormir. Mâchoires serrées. Le sommeil dissout les fantômes. Le silence aussi.

Quand j'entrouvre les yeux, il fait encore nuit. Dans la pénombre, je devine la présence de Daddy au pied de mon lit. Il me fixe avec intensité. Je sens sa chaleur. Je préférerais qu'il aille se coucher. Je n'aime pas me dire ça. Je m'oblige à penser l'inverse. Je répète, c'est doux, si doux, si doux. Et je m'endors.

Le dimanche, le temps nous file toujours entre les doigts. Daddy n'a pas dormi. Je m'en rends compte au premier coup d'œil. Il est déjà assis à table devant un petit paquet et du chocolat chaud. Je souris. J'ai la gorge serrée. J'ouvre mon cadeau. C'est un vieux livre corné que je reconnais aussitôt. *Les Parties d'échecs de Bobby Fisher.*

– J'ai pensé qu'il était temps que tu t'y mettes vraiment, champion ! il balance, ému.

Je n'en reviens pas. Il passe ses jours et ses nuits à relire ce bouquin.

– Mais comment tu vas faire ?

– Je le connais par cœur.

– Je te crois pas.

On se marre.

– Eh ben, quand j'aurai un trou de mémoire, je t'appellerai et tu me diras. OK ?

– OK. Merci, Dad…

J'ai la bouche sèche. La tension est montée d'un cran. Je sais ce qu'il attend. J'arrive pas à me lancer. On se remet à notre partie. Impossible de me concentrer. Il explique une nouvelle stratégie en faisant semblant de ne rien remarquer.

– Regarde, je sacrifie ma tour. C'est un sacrifice audacieux, mais ça attire ton roi et, de l'attirer, ça le fragilise. S'il avance en B3, il commence sa promenade fatale. On appelle ça l'attraction, amener une pièce adverse sur une mauvaise case pour pouvoir en profiter.

Je l'écoute, j'enregistre, je sens mon sang taper contre mes tempes. Je sais que je suis blanc comme un linge. Il renonce.

– File-moi ton carnet que je le signe.

On y est. Je me lance. Je prononce mécaniquement les mots que je me répète en boucle depuis des jours.

– Je suis exclu pour une semaine. J'ai insulté le prof d'anglais. Et je l'ai… Je l'ai… Je voulais me tirer du cours, il… il… il s'est mis devant la porte, ça m'a rendu dingue, je l'ai poussé… il dit que je l'ai frappé… mais je je je l'ai que poussé en fait… je te jure.

Il signe le carnet et me le rend. Je bouge pas. Le pire est à venir.

– Dad ? S'te plaît…

Il m'interrompt :

– Pourquoi ?

Je débite la suite à toute allure :

– Il a organisé mes vacances cet été, sans m'en parler. Il a trouvé une famille à New York qui a une maison dans les Hamptons. Avec deux filles. Ils sont d'accord pour m'accueillir deux mois. J'ai dit que j'irais pas. Ça l'a vexé, il est devenu méchant... et après, c'est parti en vrille.

– Pourquoi t'as dit non ?

– C'est trop loin.

– Je croyais que tu rêvais d'Amérique.

– Pas sans toi.

Il a hoché la tête en faisant une moue sceptique. Mais j'ai eu le temps de voir un éclair de plaisir passer dans son regard.

– Assieds-toi.

J'ai obtempéré.

– Tu sais ce qu'ils pensent tous, maintenant que t'as fait ça ?

J'ai ouvert la bouche mais il m'a arrêté d'un geste.

– Que t'es bien le fils de ton père ! Violent, dangereux, mauvais.

– Mais il sait rien, je te jure !

– Bien sûr que si, ils le savent tous ! Comment tu peux être aussi naïf ? Le directeur, M. Boineau, il fait des rapports tous les quatre matins au juge.

Je suis effondré. J'ai l'impression de l'avoir trahi.

On reste un long moment comme ça. Il réfléchit à toute allure, je le sens. Il a cette tête-là quand il regarde l'échiquier.

– Prends une feuille. On va écrire une lettre d'excuse. Tu vas lui expliquer pourquoi tu as fait ça.

– Dad... j'ai pas envie...

Il me fusille du regard. Marque un temps.

– Écoute, faut que je te dise...

Sa voix descend d'un cran. Il chuchote :

– Tu voudrais m'aider à sortir du trou ?

Une fraction de seconde, je me vois dans un hélicoptère, mon père suspendu dans le vide, comme dans les films de gangsters.

– Bien sûr, je réponds sans hésiter.

– Alors tu vas écrire une lettre d'excuse à ton prof et une autre à la juge pour appuyer ma demande de conditionnelle. Mon avocat est à fond. Vu ta réussite scolaire et toutes les preuves de mon investissement depuis toutes ces années, le lien qu'on a, il est sûr que ça peut passer.

Il s'emballe.

– T'imagines la vie qu'on aurait tous les deux ?

Je ris. Évidemment que j'en rêve, même si je n'ai jamais osé y penser. Plus de famille d'accueil, plus de parloirs, plus d'attente. *Just Dad and me*, et la liberté.

– Écoute bien, reprend-il tout bas. Tu vas l'écrire tout seul, ta lettre. Il faut pas qu'on puisse se dire que je t'ai forcé ou quoi. Je la relirai, si tu veux bien, mais faut que tu dises les choses avec tes mots à toi. Vu tes notes en français, tu vas nous pondre un truc de ouf, j'en suis sûr !

J'entends mon rire. Je suis heureux comme jamais. Non seulement il m'en veut pas, mais en plus je peux l'aider. Moi, à l'âge que j'ai ! Je suis trop fier !

– Merci, Dad..., je marmonne.

Il me serre dans ses bras. Très fort.

Au même moment, on entend les matons passer les grilles les unes après les autres. Ils viennent le chercher. C'est la fin du week-end et ça fait toujours aussi mal.

J'ai donc deux lettres à écrire.

Pour le prof d'anglais, les mots viennent tout seuls. C'est si facile de lui demander pardon, d'expliquer que son cadeau était trop grand pour moi. Je savais pas quoi en faire. Bizarrement, j'ai eu l'impression qu'il faisait ça parce que je lui fais pitié. J'écris tout ce qui me vient à toute vitesse. Ce n'est qu'un brouillon, je ferai le tri après. *J'aurais tellement aimé...* C'est délicieux de l'avouer sans crainte. J'aurais tellement voulu dire oui, je rêve d'Amérique depuis que je suis tout petit. J'ai commencé l'anglais en CE2 et c'est devenu une véritable passion.

Je regarde les séries en VO sans sous-titres. J'ai lu *Harry Potter* en anglais et j'aime apprendre par cœur des listes de vocabulaire. Cette langue, c'est comme d'avoir une cabane au fond du jardin. Une autre vie. Rien qu'à moi.

Daddy n'est pas contre. Pas franchement pour non plus. En fait, je sais pas trop. Et je préfère pas creuser la question.

Dans la foulée, j'essaie d'écrire à la juge. Je cherche le ton, les arguments, un moyen de l'émouvoir. Que dire à part que mon père me manque et que j'ai besoin de lui ? J'ai la respiration qui se bloque. Tout ce que j'éprouve pourrait lui sembler suspect. Je dois me surveiller. C'est comme si elle était devant moi avec son costume austère, ses cheveux raides, ses lèvres pincées toujours trop rouges. Elle va refuser.

Daddy me demande tous les jours au téléphone où j'en suis. Je réponds que ça avance. Je mens. *Ce sera de ma faute.* Je n'en dors plus la nuit.

La seule qui peut m'aider, c'est mon avocate. C'est toujours elle qui a fait l'intermédiaire avec la juge, la prison et le reste, depuis le procès de Daddy. Qu'elle déteste. Daddy le lui rend bien. Mais elle respecte le lien qu'on a tous les deux. Elle m'a toujours écouté. Pour le reste, je m'en fous. Je cloisonne.

Je finis par l'appeler.

– Tu tombe bien, Nathan. Justement, je voulais te voir. Je viens de recevoir le compte rendu de ton conseil de discipline.

Shit!

J'arrive au rendez-vous avec la lettre pour le prof d'anglais. J'ai toute ma stratégie dans la tête. *Ça va le faire.*

Être dans ce bureau m'apaise. L'endroit m'a toujours fait cet effet-là. Je n'arrive pas bien à analyser pourquoi. Il est tout petit, un peu sombre et la fenêtre donne sur un vieux mur qui s'effrite. Le parquet craque et sent la cire. L'odeur se mélange à celle des cigarettes qu'elle doit fumer quand elle est seule.

– Alors, Nathan, qu'est-ce qui t'amène ?

Peut-être que c'est sa voix éraillée qui me tranquillise. Ou ses paupières un peu lourdes qui tombent sur ses yeux et lui ont toujours donné un air las et revenu de tout. Plus rien ne la surprend. Je lui fais confiance. Elle respecte depuis la première fois – j'avais cinq ans – tout ce que je lui demande. Même quand elle n'est pas d'accord. Et elle n'a jamais été d'accord pour que je voie Daddy aussi régulièrement. Elle a mon dossier – un énorme dossier où s'empilent chemises et sous-chemises d'un même bleu-gris un peu sale – posé devant elle. À chaque fois, il est là. Fermé. Sous nos yeux.

– J'ai eu un problème au collège.

– On m'a tenue au courant.

Elle sait tout. Pas la peine de lui lire ma lettre. Je saute à l'étape suivante. Je lui explique pour Daddy. Sa demande de liberté conditionnelle que je dois… que je veux… que je vais soutenir.

– J'y arrive pas. J'ai peur de pas trouver les mots.

C'est à son tour de pousser un profond soupir. Le genre de truc qu'on doit t'apprendre dans un cours de yoga quand tu sens que tu vas t'énerver.

– Nathan, je t'ai jamais caché qu'il y avait de bonnes raisons pour que ton père soit puni si longtemps. Je veux bien relire ce que tu me montreras avant de transmettre ta demande à la juge. Mais je ne ferai pas plus.

– Vous croyez qu'il a une chance ?

– Oui.

Le mot lui arrache la bouche. Je baisse les yeux et j'articule maladroitement ce que j'ai au fond des tripes.

– Je voudrais qu'il sorte, j'ai besoin de lui avec moi tous les jours. Dans notre maison. Une maison à nous. Une vie comme les autres.

Elle ne répond rien mais je sais ce qu'elle pense. Il y a des rêves que je ferais mieux de m'interdire pour ne pas devenir amer. J'ai toujours pensé qu'elle avait raison. Mais là, elle se trompe. Si j'ai une chance, une seule, de faire sortir mon père de taule, je vais le faire.

– Si on y arrive, je dis un peu trop fort, c'est moi aussi que ça libérera, vous comprenez ?

Elle ne cille pas.

– Écris ta lettre, Nathan. Explique tout ça à la juge.

Elle n'ira pas plus loin.

– C'est injuste, tellement injuste…

J'ai presque crié. Elle est émue. Je pourrais la supplier, je me vois en train de me jeter dans ses bras… L'image me glace. *Pas de bras pour moi. Je n'en ai pas besoin.* Je me rends compte que mes mains tremblent.

– Nathan ?

Je n'aime pas cette tendresse embarrassée qu'elle manifeste malgré elle. Elle prend son élan.

– J'ai reçu une demande que je dois te transmettre. De la part de Mathilde.

– Mathilde ? je répète dans un hoquet.

Ça me vrille le ventre d'entendre son prénom. Ma sœur m'a rayé de sa vie depuis sept ans parce que je continue de voir Daddy. L'avocate ne me laisse pas le temps de lui dire que je me fous de ce qu'elle veut, cette conne. Elle enchaîne à toute vitesse, ça va trop vite, la tête me tourne.

– En fait, elle a quelque chose à t'annoncer. Elle est venue tous les jours pour te croiser. Sans me demander mon avis. Là, elle est dans la pièce à côté... J'ai pas pu dire non.

Je suis tétanisé. Je regarde un nœud dans le bois du parquet qui a la forme d'une gueule ouverte sur un trou noir. Quelqu'un crie et on ne l'entend pas.

Elle se lève et ouvre une porte derrière moi.

– Je vais vous laisser. Je serai sur le palier. Si jamais...

Je bouge pas. Je dis rien. Je laisse faire. C'est une sensation que je connais par cœur. Je suis juste une brindille au milieu de la tempête, qui tourbillonne dans le vide au gré des vents violents. Je peux m'accrocher à rien. La seule chose de sûre, c'est qu'à un moment, le sol sera à nouveau assez stable sous mes pas pour que je puisse marcher. Ou courir.

– Nathan ?

Elle n'est pas loin derrière moi.

– Tourne la tête, s'il te plaît.

Entendre cette voix me bouleverse. Le passé me revient comme un coup de poing. Elle avait mon âge la dernière fois que je l'ai vue. On ne se voyait jamais seuls, toujours en terrain neutre, encadrés par nos éducateurs. Je sais plus comment c'est venu sa crise, j'ai qu'une image en tête. Elle hurle et se tape la tête contre un mur. Deux gars tentent de l'en empêcher. Ils finissent par la plaquer au sol, mais elle lutte, elle en griffe un, sa joue saigne, et puis les pompiers. Ils lui injectent un calmant. Elle pleure comme un bébé. Nath Nath… Je m'approche. Je lui caresse la tête. Elle murmure. Si tu le vois, lui, tu me vois plus moi. Plus jamais. Après, les pompiers la portent. Elle part à l'hôpital. Rideau.

– S'il te plaît, Nathan, regarde-moi…

Je fais le dos rond, tête baissée, bras posés sur mes cuisses, tétanisé. Je ne m'attendais pas à cette foule d'émotions qui me submergent. Si je bouge d'un iota, je vais provoquer une catastrophe. Je ne veux pas choisir. Je la sens qui s'approche, tout doucement, comme si j'étais un oiseau qui risquait de s'envoler. Pas à pas. Je ferme les yeux. Elle s'agenouille. Pose sa main sur mon genou.

– Nathan, p'tit frère… hé, regarde-moi…

Elle a la voix qui tremble. J'ouvre les yeux. Et je vois. Son gros ventre. Très gros ventre. Mathilde est enceinte ! Elle attend un bébé. Je suis immédiatement jaloux. Furieux. Elle va m'abandonner. Je comprends rien à ce que j'éprouve. Je m'en fous, je m'en fous, je voudrais qu'elle se casse.

– C'est une petite fille, murmure-t-elle.

Je ferme les yeux, très fort, pour voir une multitude d'étincelles dans le noir. Je repousse sa main. Elle tient bon.

– Je veux pas te perdre, Nathan, tu me manques. J'ai envie que ma fille te connaisse, et grandisse en sachant que tu existes… Je suis sûre que tu seras un tonton formidable… et qu'on…

Sa voix se brise.

– … une famille.

Alors elle aussi, elle a ce rêve absurde? Et si jamais? Et si j'arrivais à faire sortir Daddy, peut-être… qu'avec le temps… qu'à cause du bébé… après tout… *et si on y arrivait, à tout réparer?*

Je ne dis rien. Pas tout de suite. Moment de porcelaine.

– D'accord…

Elle me prend dans ses bras. Je me laisse aller. J'ai peur.

Elle habite dans le Morvan, *là où est née maman*. Elle voudrait que je vienne un week-end. Elle dit aussi qu'elle a gardé mon cerf-volant. Qu'il est accroché au-dessus de son bureau. Son mec s'appelle Danny. Il est hollandais, un peu vieux déjà. Menuisier. Il adore le bois.

– Je sais pas… Je te dirai… je t'appelle?

Elle est déçue. Je me déteste. Je voudrais, oui, je voudrais, évidemment que je voudrais y aller sans hésiter. J'ai envie de lui hurler combien elle m'a manqué, elle aussi, combien j'ai été seul, comment elle a pu? Mais je sais bien… Y a pas de mots. Tout ça ne sert à rien. Je lui en veux, j'étais plus tranquille avant qu'elle n'apparaisse. *Je voudrais qu'elle se casse.*

– Il ne faut pas qu'on parle de lui, c'est tout. On doit pouvoir y arriver, tu crois pas ?

– Si.

Un jour, je lui raconterai que durant toutes ces années, Daddy a été là pour moi. Qu'on s'appelle tous les jours, qu'il n'y a qu'avec lui que je peux raconter mes journées, il retient tout ce que je lui dis, parce que ça l'intéresse. Mon père est un mec bien, attentif et doux. C'est ça que je voudrais prouver. Il peut pas être réduit à.

Un jour, oui, elle saura.

On marche dans la rue. Je la raccompagne jusqu'à sa voiture. Je me sens mal jusqu'à la nausée. Je me force à sourire, je donne le change, elle me serre contre elle, c'est insupportable, *de quel droit,* je fais comme si son gros ventre me dérangeait, elle plonge son regard dans le mien.

– On va y arriver, mon Ninou, tu verras, on va se faire une belle vie.

Je me raidis.

Ninou ?

C'est un surnom qui lui vient du passé. De *son* passé. Elle voit quelqu'un que je ne connais pas, qui me ressemble, qu'elle appelait comme ça. *Et maman ?* En pensée, j'écrase le mot sous mes pas. Ninou, connais pas. *Un étranger.* Je promets à Mathilde de l'appeler. Je le jure sur ce que j'ai de plus cher. Je pense *Daddy*. Elle devine. Blêmit. C'est comme ça, c'est impossible. Je reste sur le trottoir jusqu'à ce que sa voiture disparaisse. Rideau. J'ai de quoi écrire cette lettre. Daddy, c'est ma seule famille. J'ai besoin de lui. Besoin. Avec moi. Contre moi. Sinon tout s'écroule. Et moi je veux vivre.

Je reviens sur mes pas. Il faut que je remonte, j'ai laissé mon sac dans le bureau de l'avocate. La porte du palier est entrouverte. J'entre tout doucement, elle est à sa place et ça me soulage. Je lui laisse pas le temps de me poser la moindre question.

– Je viens prendre mon sac.

Elle sourit. Elle me fait chier.

– Je vais écrire la lettre quand même, je lui dis, les poings serrés.

– Je comprends.

Le dossier est ouvert devant elle. C'est la première fois que je le vois déficelé. Elle devait être en train de prendre des notes sur ce que je viens de vivre. Ça me met hors de moi.

– Et vous ? À qui vous écrivez ?

Son visage se chiffonne.

– J'ai marqué la date. Et ta rencontre ici avec Mathilde. Elle veut demander ta garde au juge.

– Quoi ? Elle peut ?

– Oui.

– Et si moi, je veux pas ? je hurle. Elle m'a laissé tomber, pendant des années.

– Nathan, tu ne peux pas dire ça. Elle a eu besoin de temps... Elle a fait une grosse dépression. Elle se souvient, elle, des faits... Et elle a dû témoigner contre votre père. C'était pas plus simple pour elle.

J'ai la gorge qui se serre. Je manque d'air. Tout ça, je le savais. L'avocate ne m'a jamais rien caché. Alors, pourquoi j'ai l'impression de l'entendre pour la première fois ? Je voudrais que ça passe. Il faudrait que je me tire d'ici. Il faudrait... J'ai l'impression que le tas de papiers devant elle a pris feu. *Comme la maison, le soir où maman est morte. Comme la maison. Morte. Elle était où, Mathilde ?*

– Elle était où, Mathilde ?

– Pardon ?

Elle a enfin compris ce qui m'arrive.

– Est-ce que tu es en train de me demander de lire, Nathan ?

Je fais oui de la tête. C'est un contrat qu'on a passé tous les deux. Elle a préparé une chemise pour moi, avec les principaux éléments – à charge et à décharge – de l'affaire et du procès. Assez pour avoir une vision d'ensemble mais sans les détails les plus durs.

C'est un petit paquet de feuilles dans une pochette verte.

– Je te laisse. Je suis à côté.

Je feuillette au hasard. J'arrive pas à lire méthodiquement, une page après l'autre. Je tombe dans le vide et je cherche quelque chose à quoi m'accrocher.

C'était pas un accident. Ni un coup de sang. *Visage méconnaissable. Brûlures de cigarette sur le sein droit... traces de coups plus anciennes. Fracture maxillaire gauche, les dents devant refaites... elle voulait le quitter. Deux cent cinquante-deux SMS... en aimait un autre... mis le feu à toutes ses affaires, dont les photos de famille.*

Je me casse.

Je cours dans la rue. Je sais, je savais, j'ai toujours su. On prend pas dix-sept ans pour un accident. Il était fou. Fou de jalousie. Et donc d'amour pour elle. Il ne m'a pas menti. C'est ce qu'il m'a toujours dit. Que sa famille, c'était ce qu'il avait de plus précieux.

J'ai mis deux mois avant de revenir le voir. J'ai inventé des excuses. Lui, il dit rien. On continue de s'appeler tous les jours. J'en ai besoin. C'est parce qu'il me connaît comme personne. Alors j'ai dit oui pour un week-end entier.

Il est bientôt dix-huit heures mais à cette époque de l'année, le jour dure longtemps. Daddy et moi, on se fait croire qu'on sait pas l'heure qu'il est et qu'on devrait rentrer dans l'unité de vie familiale. On est dehors et on en profite au maximum, même si les murs montent si haut qu'il faut presque s'allonger sur le sol pour voir le ciel. Une légère brise souffle par moments et c'est comme un cadeau qui nous vient d'ailleurs. Un arrière-goût de liberté.

– Tu veux qu'on dîne dehors ? il demande alors que je bloque depuis un bon quart d'heure sur mon prochain coup.

– Tu crois qu'on peut ?

Il hausse les épaules comme si on s'en foutait.

– Tu sais bien, l'été, les matons sont en vacances, sous-effectifs... Et puis avec cette chaleur...

Pendant les grandes vacances, je peux venir deux fois ici pour passer un week-end entier. Avec Daddy, on a longuement hésité sur les dates. On a choisi début juillet et la mi-août. L'administration pénitentiaire a tout de suite accepté.

– Il est cool avec toi, le directeur, non ? je demande soudain.

Il se tourne vers moi, surpris.

– Je sais pas... Cool, franchement, c'est pas le mot ! Pour devenir directeur de centre pénitentiaire, faut le vouloir, quoi. Moi, je le vois jamais, en fait. C'est mon avocat, mon allié, oui, lui, il croit en moi... en nous ! Parce que sans toi...

– Oh, moi…

Ma voix déraille. L'émotion me submerge. La culpabilité m'écrase. (Je suis un bon à rien, un naze, un nul, une merde. Voilà ce que je pense.) Je ne dis rien, je sais que Daddy entend le moindre de mes soupirs.

– Viens, on rentre, il commence à faire frais, lance-t-il pour faire diversion.

Il ment. Il fait une chaleur de dingue. Mais je me lève et je le suis à l'intérieur.

– Ça peut plus durer, fiston, il faut qu'on mette les choses au clair.

Je ne bouge pas. Il se marre, tendrement. Ça lui fait des fossettes au creux des joues. *Je t'aime, Daddy.*

Je suis raide comme un automate.

– Si on était dans une vraie maison, tu partirais en courant, pas vrai ?

Je me force à sourire.

– Il faut que tu arrêtes de ruminer, fiston. T'y es pour rien. T'as foiré ton trimestre au collège, OK, t'as été viré une semaine… OK. Et après ? Tu ne vois même plus ce qui t'est arrivé de bien. Tu passes au lycée, tu pars avec ta famille d'accueil deux jours à Londres… Quant à *nous deux,* cette fameuse lettre, on a tout l'été pour l'écrire. T'en fais pas, je serai sorti dans l'année. C'est le moment, je le sens, et ce sera grâce à toi !

Je résiste à l'envie de me jeter dans ses bras. Je voudrais qu'il me serre contre lui, si fort qu'on puisse se fondre l'un dans l'autre, et qu'on ne fasse plus qu'un. Je suis toujours immobile, tétanisé sur le canapé pourri de ce faux salon dans cette fausse maison. Je plonge ma tête dans mes bras. J'ai tellement peur qu'il devine tout ce que je lui cache. Que ça fait trois mois que je fais des crises de panique, que j'ai passé un week-end merveilleux chez Mathilde et que j'ai vu des photos de ma mère, de nous quatre. Que ça m'a fait si mal que j'ai eu envie de les brûler et que cette pensée-là m'a fait vomir pendant des jours et des nuits. Elle a raison, l'éducatrice, j'ai du mal à dire *je*. La vérité est même pire que ça. Dire *on* me manque, ça me manquera toujours. Moi, tout seul, sans mon père, je n'existe pas. Je sens le creux que ça me fait dans le ventre. C'est déjà fini. Et ça me rend malade. Faut que je lui dise, faut que je lui dise: *Daddy, j'écrirai pas ta lettre*. Le sol pourrait se dérober sous mes pieds, ça me ferait moins peur.

– C'est à cause de Léa?

Je sursaute. J'ai encore la tête dans mes bras. Tout pour éviter qu'il voie mon visage. Léa, c'est une fille dont je lui ai parlé, qui me plaît pas mal, et que je sais pas comment aborder.

– Un peu…

– Je comprends, c'est compliqué, les filles. Elles sont chiantes et en même temps, on peut pas s'en passer.

Mais qu'est-ce qui m'a pris ? Parler de mes histoires d'amour avec l'assassin de ma mère ? J'ai l'impression que le piège se referme sur moi quel que soit le sujet qu'on aborde. Mon cœur se met à cogner trop fort dans ma poitrine. Je lève la tête.

– Et toi ? je lui dis. Tu vas écrire une lettre ?

Il s'y attendait pas. Il me scrute avec son œil de lynx et j'ai l'impression qu'il fouille dans le fond de mon âme.

– Oui, moi aussi, je vais écrire une lettre. J'en ai même écrit une deuxième depuis que tu vas mal…

– Je vais pas mal !

Il poursuit comme si je n'avais rien dit :

– C'est un argument de plus qui joue en notre faveur. La preuve que mon absence dans ta vie quotidienne te cause du tort. À l'adolescence, un fils a encore plus besoin de son père qu'avant. La preuve… D'ailleurs, si j'ai pas été déchu de mes droits paternels, c'est bien parce qu'ils le savent, les juges, les éducateurs, tous ces gens-là, que c'est plus fort que tout, plus fort que tout, l'amour que je te porte, notre lien. D'avoir sa vraie famille à côté de soi pour grandir.

Il a raison. Ça fait du bien de l'entendre. J'ai l'impression de respirer à nouveau. Le monde que j'ai toujours connu tourne dans le même sens qu'avant. Comme avant.

Ça va passer.

S'il n'y avait pas ce cœur qui cogne dans ma poitrine, la langue dans ma bouche qui pèse douze tonnes, tout irait bien.

– Tu ne me fais plus confiance ? il demande à brûle-pourpoint.

– Daddy… s'te plaît…

Il monte d'un ton.

– Tu crois que je vois pas ce qui se passe ?

– Quoi ? Qu'est-ce qu'il se passe ?

– Il va rien voir, le vieux, il est en taule, je peux le balader comme ça me chante.

– Mais je te cache rien.

– Tous les soirs au téléphone, je l'entends, ta voix… tous les soirs, je raccroche et je suis au bord de chialer.

– Dad…

Je m'entends le supplier comme un chiot apeuré et je me dégoûte.

Il continue. Il parle tout seul, et j'ai l'impression de le voir comme il est quand il est enfermé dans sa cellule sans lumière, à se balancer d'avant en arrière pour pas devenir fou.

– Je respecte, je te respecte… tu peux pas dire, je suis patient, hein, tu trouves pas que je suis patient ?

– Si, bien sûr…

– Tes silences… ou tes bavardages de merde… chaque mot, chaque mot… Je vais devenir fou, moi, à tout imaginer. Parle, Nathan, je t'en supplie.

– Me supplie pas… !

J'ai crié. Il faut qu'il me laisse le temps. Je ne veux pas le perdre. Je veux le voir dehors, vivre assez longtemps pour apprendre qui il est quand il n'est pas… *Daddy, je n'écrirai pas ta lettre.* Les mots ne sortent pas.

Il s'approche. Tout près.

– Tu m'aimes plus ?

Je ne sais pas expliquer pourquoi cette question-là a tout fait basculer. Un déclic. Comme si je m'étais réveillé au milieu de cette nuit où mon père était en train de massacrer ma mère. Comme si je me levais pour la défendre et empêcher l'irréparable. Je crois qu'il me faudra des années pour démêler comment j'ai pu en arriver là, à ignorer ce qu'il a fait.

D'avoir besoin de lui, *Daddy pourri.*

Tu m'aimes plus ?

C'était cette phrase qu'il avait dite à maman, ce soir-là quand on était à table. Cette plainte dans laquelle planait déjà la menace des coups.

– Je sais pas, j'ai répondu calmement. C'est pas la question.

– C'est quoi, la question ?

Voix métallique. Poings qui se serrent. Il est au bord de péter un plomb. On n'est pas filmés. Pas surveillés.

Est-ce qu'il oserait?

Qu'est-ce qu'elle a dit ma mère quand il a prononcé ces mots-là? Pourquoi elle n'a pas fait semblant, elle s'est pas protégée? Pourquoi est-ce qu'elle n'est pas partie? Et toi et toi, martèle une petite voix à l'intérieur de moi, *depuis combien de temps tu le sais et tu regardes ailleurs?*

– J'ai plus que toi, Daddy. J'ai besoin de toi.

Je croyais que ça le calmerait. Mais il ne me voit plus. Il est absent, et froid.

– Daddy?

Comment est-ce qu'il a fait pour que ce soit moi qui me sente coupable?

– Je vais pas l'écrire, ta lettre, Dad, je peux pas...

D'abord, il ne réagit pas. Regard vide. Je suis sur mes gardes. J'ai tous les sens en alerte. Faut que je lui dise.

– J'ai revu Mathilde.

J'ai l'espoir fou qu'il me pose des questions. *Comment elle va? Qu'est-ce qu'elle devient? Dis-lui de venir me voir, j'ai tant de choses à lui raconter...*

– Et qu'est-ce qu'elle t'a dit, cette pute?

C'est le premier coup. J'ai enfin compris. Faut que je me tire. Il a perdu la partie. Et c'est un mauvais joueur. Ça, il ne me l'a pas caché. Plus rien ne va l'arrêter.

Je m'obstine.

– Elle attend un bébé.

Son regard se trouble. Je me lève lentement. Je ne ramasse pas mes affaires. J'approche de la porte. Il pousse un cri sauvage, me rattrape par la manche de mon pull. J'ai une alarme qu'on me donne à l'entrée chaque fois que je viens à la prison. Elle est dans ma chambre. Il a bloqué l'entrée.

– T'es vraiment une petite merde.

Le coup part. Il me démonte la tête. Je bascule en arrière. Il se jette sur moi. J'esquive. Je me relève, je me jette sur la porte en hurlant, ça le fait marrer. Un rire fou.

– T'es foutu, fiston, à c'te heure-là, ils tapent le carton. Ils sont déjà beurrés, les matons, ils en ont rien à foutre de ce qui va t'arriver. Et moi, moi, regarde-moi…

Il hurle.

– J'ai plus rien à perdre. Elle te manque ta maman, elle te manque, c'est ça, le pauv' petit Ninou à sa maman.

J'essaie de lui foutre mon poing dans la gueule. Je me loupe. Il en profite pour me faire une clef. Son bras glisse autour de mon cou. Je respire mal.

– Tu fais moins le fier… Ninou ? Hein ? Tu flippes

un peu ? Tu veux la rejoindre, ta maman chérie ? C'est ça ?

Je me laisse aller comme un sac. Ça l'oblige à me soutenir. J'espère qu'il va s'épuiser, il recule, je suis à deux pas de la porte de ma chambre, je vais y arriver.

Il bute sur le mur derrière lui, relâche un peu sa pression, je hurle encore, je tape dans les murs.

Faut pas que je le croie, ils vont forcément faire une ronde…

… la porte s'ouvre en grand. Ils sont quatre, armés.

– Lâche-le, Firmin, fais pas de conneries.

– C'est mon fils, j'en fais ce que je veux, les gars, sortez… vous avez rien à faire là. Vous savez ce que c'est, les enfants ! Une torgnole de temps en temps… Ils en ont tous besoin.

Sa voix est étonnamment calme, sans émotion, d'une maîtrise absolue. Un instant, je crois qu'il va les convaincre. *Trop fort, Daddy.* Heureusement, un autre est passé par la fenêtre de la chambre. Il le chope par-derrière. Un coup de taser et Daddy s'écroule. On me fait sortir dans la foulée. Je n'ai même pas le temps de me retourner. C'est la fin. Je ne le reverrai plus. J'aurais voulu lui dire au revoir. J'aurais voulu lui dire pourquoi. Je n'entendrai plus sa voix. Ne sentirai plus son odeur. Ses encouragements. Je m'écroule.

Pardon pardon Daddy pardon.

Les grilles se referment lentement derrière moi. J'ai passé quelques heures dans un faux salon de la prison. J'ai rapporté les faits au directeur. Qui va les transmettre à un juge. J'en tremble encore. J'attends qu'on vienne me chercher. Il fait chaud sur ce parking. *Pas un arbre pour s'abriter.* Je retiens mes larmes. Mon téléphone vibre dans la poche de mon jean.

Un SMS de Mathilde :

Maëva vient de naître. Viens vite.

Je regarde la photo de cette petite chose toute rouge, fripée comme un chiffon.

Eva, c'est le prénom que maman voulait me donner si j'avais été une fille.

Maëva… petit bébé tout neuf. J'inspire un grand bol d'air.

Renaître.

VERNIS NOIR

Hugo Lindenberg

La feuille est pliée en quatre. Arrachée à son agenda, elle a voyagé de main en main, mon prénom chuchoté d'une oreille à l'autre, de lui à moi. Une petite chaîne identique au fil d'argent où scintille sa date de naissance à son poignet. J'essaye de la deviner chaque fois qu'il lève la main. Sept élèves de la classe forment les maillons de notre complicité. De Taël à moi, le souffle d'un secret. Désormais, même cette idiote de Rachel n'osera plus me traiter de pédé dans les couloirs. Ce carré de papier entre mon pouce et mon index, c'est un trophée à la gloire de ma métamorphose. Je déplie, le cœur battant, en prenant garde à ne pas briser le masque de l'indifférence, conscient des regards convergeant sur ma désinvolture, mon sourire de collégien inébranlable, la chaise renversée, en équilibre sur un pied. Il y a le cirque de la classe et le petit théâtre de la table où je grave mes secrets en langage codé. Ma vie se joue sur tous les tableaux, sauf celui où le prof résout les équations d'un monde étranger à toutes mes préoccupations. L'écriture de Taël, à peine lisible, c'est une trentaine d'aveux à la fois, et d'abord celui de sa gentillesse : *Il te veut quoi l'autre débile ?*

La sonnerie égraine ses notes d'aéroport, Sabrina perchée sur son radiateur veut soupeser ma victoire. J'ignore d'où elle tient cette autorité ; sans elle, je serais aussi vulnérable que Gabriel ou Rosa. Alors j'obtempère et lui tends la missive nichée dans ma paume. Je n'entends rien à cause de la rivière des cinquièmes en cavale dans le couloir. Je regarde le mot voler de droite à gauche au bout de ses doigts sertis de rose. On dirait Piotr, mon chat, quand il suit le reflet de ma montre sur les murs de la chambre. Mais je n'ai pas le temps de jouer. Le mot de Taël de retour dans ma poche, je file au CDI où marinent les exclus en attendant une vie meilleure. Ça me fend le cœur, pourtant certains d'entre eux ne connaîtront jamais cette joie. Solène, par exemple, passera sa vie à côté de la plaque. Ce qui ne m'empêche pas de l'aimer, bien au contraire, je la serrerais même encore dans mes bras si je n'étais pas si cruel. J'ai en boucle, dans une impasse de ma mémoire, le matin où ses larmes ont coulé sur ma veste en jean quand elle m'a dit « pépé il est mort » devant la porte du collège. D'y penser, ça m'expédie sans détour au fond des couloirs de l'enfance, au milieu des ronces et des vipères, avant le chahut d'ici, et cette énergie noire sous les ongles. Je repense souvent au goût de pluie des larmes de Solène.

Au CDI, je m'assois près des atlas, mon endroit préféré. Pour les cartes évidemment et aussi à cause de la proximité du bureau de Mme Bordonaba, la documentaliste. Elle, je m'en fiche, elle ne comprend rien à rien, mais les brutes évitent le secteur, sauf si d'aventure ils y échouent, hagards et inoffensifs, pour un exposé. Et puis, il y a sa manière de chuchoter quand elle s'adresse à un élève. Toutes mes colères fondent à l'ombre de sa voix épandue sur l'épais coussin de livres le long des murs. Sa voix basse attendrit le présent comme peu de choses au collège, et Dieu sait comme la tendresse manque par ici.

Pour me donner une contenance, l'Amérique latine déployée sur la table, je suis avec l'index la veine bleue d'une rivière dans la forêt d'émeraude, et c'est déjà l'ivresse d'un voyage. J'invente une histoire d'amour et de moustiques bercée par le tambour des premières gouttes d'une averse sur les feuilles d'un bananier géant. Puis, je tourne les pages jusqu'au Pérou afin d'y déplier la prose de Taël sur le Machu Picchu : *Vendredi, toi et moi on dort là-haut, à la belle étoile ?*

Je lis, je relis et chaque fois, sans le vouloir, je fais une mimique faussement gênée, un sourire de fillette, les yeux plissés pour un public imaginaire. Mon père appelait ça « des manières » et je m'évertue à éviter d'en faire, même quand je suis seul. Ce corps, je le surveille sans cesse, au point d'en faire un ennemi. Depuis cet été cependant, quelque chose a changé à force de plonger dans les vagues. L'océan m'a sculpté un corps que je n'attendais pas. Dans l'encre maladroite de Taël, j'aperçois la gourmette accrochée à son poignet, le sang de son genou tatoué pour l'éternité sur le ciment de la cour, je vois ses lèvres humides des lèvres de Rachel quand je les ai surpris sous l'Abribus, et le petit cartable rouge qu'il portait le jour de la rentrée de sixième. « Alors, me jette Sabrina en même temps que son sac à deux centimètres du visage, tu vas inviter le bouffon chez la comtesse ? » La comtesse, c'est ma mère, comtesse Vichnievsky de Barante, ivrogne des Carpates, descendante d'une interminable lignée de vampires à qui je dois mon infecte peau de lait. Chez moi, c'est chez elle, et à part Sabrina, je n'y admets personne. « Si tu me racontes tout, je te fais les ongles », me lance-t-elle, goguenarde, avant de plonger la tête dans son sac. Porter du vernis, je lui en parle depuis la rentrée, c'est une envie encore plus tenace que toutes les envies de fast-food. Je l'aurais déjà fait si je n'avais pas si peur. Par exemple, de perdre l'estime de ma prof de violon, la seule personne à ne pas me trouver bizarre sur cette terre. Et bien sûr, peur d'attirer sur moi toute la fougue des excités du collège. Je regarde les cheveux de Sabrina flotter devant ses yeux baissés et je n'en reviens pas d'être ami avec tant de blondeur. Je fais la liste, dans ma tête, de tout ce qui est jaune et doux, le soleil en hiver, la paille dans la grange à Launay, le beurre et les œufs à la coque du matin. « Tu viens à la maison, beau gosse ? Je vais faire de toi la star du collège », me hurle-t-elle en exhibant un paquet de Dragibus. Sabrina n'a pas l'habitude du CDI. Je n'ai même pas le temps d'attraper un bonbon. Visiblement, la limite est dépassée pour Mme Bordonaba dont le doigt m'indique la porte avec sévérité.

La comtesse dit que mettre du vernis quand on est un garçon ne respecte pas les règles mises en place par la société. Nos six mètres sous plafond ne sont pas assez hauts pour déployer la désolation que m'évoque cette remarque. J'ai envie de lui envoyer sa vodka au visage, mais je tiens trop à nos verres en ouraline. Comment ose-t-elle, avec ses amants de vingt ans, ses bras piqués de morphine, ses cures dans les Alpes, ses lèvres gonflées à l'hélium? «Est-ce que laisser son gamin passer Noël seul pour aller skier avec un gigolo respecte les règles de la société?» je lui demande en serrant les dents. «Comment osez-vous?» dit-elle, et déjà je sais que je suis allé trop loin; je vois sa lèvre trembler, ses yeux rouler, les yeux de petite fille pleins de larmes sur son visage de vieille femme, avec un chemin tout tracé pour elles jusqu'à la bouche immense et usée. Elle attrape une cigarette et je me rue sur le briquet pour lui tendre la flamme, petit prince sautillant, pressé de voir le rouge s'imprimer sur le filtre blanc, ce rouge dont je poursuis l'imprimé sur les verres vides éparpillés au bord de la baignoire le matin et dont j'aime tant sentir la marque cireuse sur ma joue quand elle m'embrasse le soir, répandant dans les draps l'odeur tenace d'un oud qui ne respecte certainement pas les règles mises en place par la société et me poursuit par-delà le sommeil dans des rêves nauséeux.

«Je vous prie de m'excuser, maman», je souffle dans l'espoir d'endiguer la réaction en chaîne car, je le sais, un battement de cils de ma part peut enfoncer une seringue dans son bras. Ma mère est trop riche, même de désespoir. Je m'approche du sofa pour lui tendre le lourd cendrier de papa et j'attrape sa cheville afin d'appuyer mes pouces noirs de vernis sur la plante de son pied à travers le collant, comme elle me l'a appris. Mais je ne pourrai pas ensuite plonger la tête la première vers sa poitrine et y attendre la danse de ses doigts dans mes cheveux, c'est terminé, je suis devenu trop fort pour jouer les petits garçons. C'est elle qui me l'a dit l'autre jour. Elles servent à ça pourtant nos engueulades, m'ouvrir le chemin vers ses bras toujours trop agités à parfaire le masque de son visage, penchée sur le miroir de la cheminée à la lueur duquel elle compose le drame en deux actes de ses paupières, un verre à la main, une cigarette fumante entre les doigts. Je la regarde calligraphier sa peau ombrée de poudres et d'onguents, ajuster les pétales de ses boucles sur ses épaules gonflées par la fourrure d'un manteau où gît une dynastie de visons, je la regarde, ma mère, toujours sur le départ, déjà partie, perdue, oubliée, petite flamme brûlant d'échapper à l'amour de son fils et à ses questions. « File, maintenant, va nettoyer tout ça, je dois me préparer. C'est oublié, n'est-ce pas ? » En me levant, j'évite de justesse le coin d'une étagère, tout semble rétréci en ce moment et les angles me font de l'œil. Je me faufile dans l'escalier où je sens l'air caresser la résine d'ébène de mes ongles jusqu'à ma chambre. Je n'enlèverai rien du tout, n'en déplaise à la comtesse. Ces éclats de nuit au bout de mes doigts, c'est la meilleure chose qui me soit arrivée depuis longtemps.

Allongé sur mon lit, je me concentre pour effacer les vingt minutes passées avec ma mère en contemplant mes ongles avec délectation. Je pense à toutes les choses noires et onctueuses, le pétrole, la réglisse, l'encre de seiche, la boue de la mer Morte. Piotr vient se coller à moi en ronronnant. Je m'assois en tailleur et j'attrape dans ma poche le flacon que Sabrina m'a donné en partant. Je dévisse délicatement le bouchon au bout duquel luit le pinceau couvert de vernis épais et brillant. J'en laisse une partie couler sur les parois intérieures, à l'encolure de la fiole, et j'approche doucement le petit bâton de mon visage pour observer de plus près la lave sombre et laisser pénétrer dans mes narines sa délicieuse odeur de solvant.

Ce vernis me remplit de bonheur. En plus du noir ultra chic, il dépose une couche de magie au bout de mes doigts. Sabrina, elle, en porte de toutes les nuances et ne se refuse aucune fantaisie, motifs biscornus, couleurs criardes, paillettes et même pierres incrustées les soirs de fête. Ses mains sont des appeaux. En ce qui me concerne, nous trouvons le noir plus approprié à ma carnation, et de toute manière, aucune autre couleur ne m'aurait convenu, car au fond, mon désir, c'est de ressembler au garçon de la forêt de pins, même si je ne le dis à personne. Tout comme je n'ai pas envie de répondre aux questions de Sabrina sur Taël. Ma vie est un ensemble de petits morceaux de verre éparpillés et je n'ai pas la moindre intention de les réunir. Pour confirmer cette histoire de carnation, Sabrina a saisi plusieurs flacons sur l'étagère au-dessus de son lit et les a approchés un à un de mon visage, juste au niveau de mes joues. Le rouge, ça n'allait pas, je suis bien trop pâle, le vert, n'en parlons pas. Je l'ai vue hésiter sur le bleu et j'avoue avoir eu moi aussi un doute en pensant à toutes les choses bleues et mystérieuses : les vagues, les yeux de ma mère et le petit carnet dans lequel mon frère écrivait ses secrets et que je cherche partout depuis sa disparition. Mais noir, « ça te donne un air félin », m'a dit Sabrina. Évidemment j'étais ravi. Elle a pris ma main droite et a commencé à inspecter mes doigts les uns après les autres d'un air sérieux. Sabrina, c'est ma meilleure amie, c'est même ma seule amie je crois, mais c'est vraiment pas le genre de fille à vous faire un câlin à la première occasion. Sans doute à cause de ça, ça m'a troublé d'avoir ma main dans la sienne si longtemps. Je sais que les amis sont censés tout se dire. Nous, c'est différent. C'est justement nos silences qui nous lient. Et nos goûts musicaux d'un autre siècle. Elle était penchée, assise en face de moi sur le lit, si bien que ses cheveux chatouillaient mon avant-bras. Nico chantait *Chelsea Girl* dans les enceintes et le soleil allumait ici et là de petits feux dans la pièce, un sur le plancher à côté de son bureau, un sur l'oreiller, un autre sur ma nuque. Au fur et à mesure qu'elle appliquait le vernis sur mes ongles, la langue tirée par la concentration, mon corps se dessinait plus précisément dans la pièce. Je n'osais pas du tout bouger pour ne pas la faire déborder, et aussi parce que je ne voulais surtout pas que cesse la caresse de ses cheveux. Chaque couche de vernis précisait un peu plus les contours de mon corps, ce nouveau vaisseau sorti de la mer, et en séchant, elle y fixait l'harmonie de ce moment de bonheur, la voix de Nico, le soleil sur ma nuque, l'odeur d'éther et les sensations étranges provoquées par la proximité de Sabrina, son souffle sur mes doigts, ses cheveux sur ma peau et ses seins devant mes yeux.

J'essaye de faire le tri dans tout ce qui m'est arrivé depuis trois jours. Piotr m'aide, blotti contre mon flanc, en intensifiant ses ronronnements hypnotiques. C'est d'ailleurs comme ça que tout a commencé. Samedi soir, nous étions tous les deux en train de rêver d'Amazonie, les yeux au plafond. Je pensais à tout ce qui est vert et tendre lorsque le vent engouffré dans les rideaux nous a rappelés au vaste néant du dehors, à ses courants charriant dans leurs naseaux de minuscules particules d'ailleurs. Piotr, piqué par l'une d'entre elles, a bondi sur la fenêtre avant de disparaître dans la nuit, mince comète de velours gris, pour sa promenade nocturne. Alors je l'ai suivi.

Depuis que les hommes ont déserté la maison, je suis tout seul à vivre au dernier étage. La comtesse, elle, hante le rez-de-chaussée, côté jardin. Entre nous il y a tellement de pièces vides, ça me fait froid dans le dos. Nous vivons chacun à une extrémité de cette ruine sculptée dans la fortune de mon grand-père. Une prison baroque que n'ont cessé de déserter ceux qui ne sont pas parvenus à s'y pendre. C'est fou ce que la famille compte d'explorateurs et de suicidés.

La fenêtre de ma chambre ouvre sur un minuscule balcon, prolongé par une corniche assez large pour atteindre le mur extérieur de l'immeuble voisin en quelques enjambées. Même moi, je n'ai pas peur d'y marcher. Piotr, lui, continue sa course vers le jardin, et j'emprunte les arceaux de métal qui permettent de grimper jusqu'au toit, trois étages au-dessus. C'est mon frère qui m'y a emmené, une des dernières fois où nous nous sommes vus, juste avant l'été. Il a déboulé dans ma chambre tard, et manifestement ivre, les cheveux en bataille et m'a entraîné sur le balcon sans même me laisser enfiler un t-shirt. Je dormais à moitié, étourdi par l'odeur de chèvrefeuille qui montait du jardin. Pour lui, j'aurais marché sur un fil tendu au-dessus des chutes du Niagara. Pour lui, et pour être avec lui. En sa présence, le monde devenait au moins deux fois plus passionnant et trois fois plus joyeux. Alors j'ai avancé sur la corniche et je suis monté sur le toit, un arceau après l'autre, sans trembler. Le savoir juste derrière moi me confortait mieux encore que ne l'aurait fait un sol couvert de matelas. Lui et moi sur la cordée fraternelle.

En haut, on voyait tout Paris ! Le Panthéon, Notre-Dame, les Invalides, la tour Eiffel et même d'autres monuments dont j'ignorais jusque-là l'existence. Et juste en contrebas, notre petit hôtel particulier ou moisissait la comtesse dans son lit de narcotiques. « Tu vois là-bas, le bâtiment en brique, c'est mon école, il me disait, debout sur la tôle bleutée, les bras tendus dans son polo de laine, et là, il y a un cinéma qui joue tous les jours le même film et les spectateurs viennent déguisés, et là, une cave minuscule où des étudiants dansent toute la nuit sur de la musique klezmer et dont les murs suintent au matin, et ici, un bar dont le patron possède dix mille disques de jazz, et au-delà de ces immeubles, un immense parc où les amoureux s'embrassent sous les arbres. Mais le plus dingue, m'a-t-il dit, c'est que j'ai le pouvoir d'éteindre tous les monuments, juste en claquant des doigts, tu veux voir ? » Bien sûr que je voulais voir. Alors mon frère a passé son bras autour de mon épaule, il sentait la sueur, la liqueur de cerise et la cigarette, il a tendu sa main en direction de la tour Eiffel, le pouce et le majeur serrés l'un contre l'autre. Plusieurs secondes sont passées comme ça, le vent faisant flotter nos cheveux à l'unisson, lui ivre de sa jeunesse et moi ivre de la joie de partager mon sang avec ce démiurge aux yeux verveine. Je regardais intensément ses doigts, ce minuscule point de contact où se concentraient toutes les promesses de sa puissance, et quand ils ont claqué, la tour Eiffel s'est éteinte sans un bruit, de bas en haut, étage par étage, plongeant les alentours dans une pénombre muette. J'ai levé mon visage ravi vers celui de mon frère éclairé par la lune, et il m'a serré contre lui en riant. Paris était tous feux éteints et nous étions comme deux princes dérivant dans l'univers infini sur notre minuscule planète de tôle.

Après, quand il n'a plus été avec nous, quand le manque a éteint toute lumière en moi, j'ai eu envie de retourner là-haut. En montant les arceaux, les yeux rivés à la façade, j'essayais de me convaincre de sa présence quelques mètres plus bas. Sentir la corde invisible de son existence. En haut, debout sur la tôle, je cherchais des yeux l'école, le cinéma, la cave, le bar de jazz, le parc des amoureux. Tous ces endroits où il avait été, où il pouvait encore être. Je pensais à toutes les choses rendues invisibles par la nuit. Aux particules de la forêt d'émeraude disséminées dans l'air. Parfois je ne pensais plus à rien. Ni à mon frère, ni à ma mère, ni aux imbéciles du collège, ni à mon corps. Même la rage contre mon père s'estompait dans la rumeur parisienne. Et puis venait l'heure de claquer des doigts. S'il existait des allumeurs de réverbères, il pouvait bien y avoir des éteigneurs de monuments. C'était ma responsabilité maintenant.

D'habitude, une fois accomplie ma mission, je redescendais précautionneusement me coucher, à pas de Piotr, et avant de m'endormir, écrasé de douceur sous mon édredon, les pieds glacés, je me demandais si j'étais vraiment monté ou si j'y avais juste songé, mais je décidais que cela n'avait pas une si grande importance.

Je dis d'habitude, parce que l'autre soir, je suis resté là-haut, incapable de me détacher du halo bleu du toit depuis lequel je contemplais la ville. Je me suis approché du bord et, pour la première fois, j'ai eu le vertige. Le vertige et une envie folle de me précipiter dans le vide, pour tomber comme un obus dans le lit de ma mère. Ça, au moins, ça l'aurait peut-être réveillée. Le trou dans le toit et dans le plafond des deux étages, la poussière qui vole partout, le fracas, les lustres. J'ai remonté la pente vers les cheminées, et là, je me suis rendu compte que l'immeuble suivant était juste derrière, qu'il me suffisait de me hisser à la force de mes bras et de basculer de l'autre côté, ce qui avec mon nouveau corps était étonnamment facile.

Avant d'avoir pris la décision de le faire, j'étais déjà de l'autre côté, sur le toit de l'immeuble où vit Maryvonne, ma professeure de violon. J'ai marché au-dessus de son salon tendu de jonc, en l'imaginant sagement endormie à côté de son piano. La tôle était froide sous mes pieds nus, et c'était tout ce qui me rattachait au monde des hommes, cette fraîcheur, à mesure que je prenais conscience de l'immensité de ma découverte. Il y avait devant moi une forêt de toits vaste et vierge, un Paris de ciel à la cime du Paris de pierre. J'y découvrais une nouvelle dimension où mon corps pouvait se déployer sans craindre les angles et le fatras des objets à l'équilibre précaire. Un espace dont la seule frontière à ne pas franchir était celle du vide, sous peine de mort. Je me prenais pour Buck, le chien devenu loup de *L'Appel de la forêt*. Je me prenais pour tous mes héros à la fois, en enjambant les obstacles d'un toit à l'autre. Je ne me souviens pas avoir déjà senti en même temps un tel mélange de puissance et de légèreté. Cette danse m'a mené presque au bout de ma rue, à quatre immeubles de chez moi, et si j'avais eu le courage de m'approcher du bord, j'aurais pu apercevoir la cour de mon école primaire, mais je n'étais pas d'humeur à me pencher sur mon passé.

J'ai commencé à regarder autour de moi en quête d'un nouvel horizon et c'est là que je l'ai vu. D'abord juste une silhouette et j'aimerais bien dire qu'un instant j'ai cru que c'était mon frère, mais c'est faux, même à mille kilomètres je ne le confondrais avec personne d'autre. La forme était tellement immobile que je me suis plutôt demandé si ce n'était pas juste le jeu des ombres et de la nuit sur une cheminée. Bientôt, pourtant, j'en fus certain, le garçon qui me regardait depuis l'autre côté de la cour était Taël, le roi-soleil de mon collège. J'en ai presque perdu l'équilibre et mes jambes si solides un instant plus tôt, mes nouvelles jambes façonnées dans les vagues ont soudain eu la consistance du coton. Il se tenait droit et souriant, dans son sweat à capuche gris, comme s'il m'attendait, et il a tendu son bras vers moi, paume ouverte, pour me dire de ne pas bouger. La lune se reflétait dans sa main, et j'ai pensé à tout ce qui est blanc et bienveillant, le lait des céréales, la neige sur le balcon en hiver, les nuages au-dessus des champs et la laine tressée du pull que mon frère a laissé dans ma chambre le jour où il a disparu. Taël, avec une agilité qui trahissait l'habitude, a suivi un chemin de lui à moi, avec l'aisance d'un flâneur, cette démarche nonchalante dont j'observe la croissance depuis le CP, mêlée d'arrogance et de grâce. Un jour, en cinquième, je l'ai vu s'approcher d'une fille et, arrivé à quelques mètres d'elle, basculer sur une main, pour se retrouver à l'issue d'une cabriole parfaitement maîtrisée, un genou à terre à la façon d'un chevalier. Et cela avec son sac sur le dos, impeccable.

Le souvenir de cette scène un peu mièvre m'a poussé plus d'une fois à lui pardonner les grossièretés de vestiaire dont il est coutumier. « Salut », il m'a dit en arrivant sur la cheminée d'où je l'observais. Je devinais le vide partout autour de nous, je me sentais aspiré par lui. « Salut », j'ai dit en essayant de me concentrer pour ne pas me précipiter sur le sol, cinq étages plus bas. Il m'a regardé un moment, comme s'il hésitait entre plusieurs répliques, et puis il a fini par me dire : « On n'est jamais au bout de ses surprises avec toi, mais là, tu m'impressionnes vraiment. » Je n'ai pas très bonne réputation au collège, parce que les gens ne comprennent rien à ce que je suis et n'arrivent pas à me ranger dans une de leurs foutues cases. Et puis il y a les rumeurs sur ma famille, sur mon père, ma mère, notre hôtel particulier, et maintenant mon frère. Régulièrement, un élève enhardi par des camarades hilares ou excité par un cours de sport un peu trop intense vient me demander si c'est vrai que j'habite dans une maison abandonnée, ou que ma mère a couché avec un terminale et que c'est pour ça qu'elle n'a plus le droit de s'approcher du lycée. Dans les couloirs, j'entends même des choses pires et malheureusement plus proches de la vérité. Sans Sabrina, je ne sais pas comment je ferais. Taël non plus apparemment, parce qu'il a tout de suite enchaîné en me demandant, taquin : « Ta garde du corps est pas du voyage ? » J'ai fait non de la tête et il m'a dit « Viens, puisque t'es là, je vais te montrer mon jardin. »

À ma grande surprise il m'a pris la main, ce qu'il n'avait plus fait depuis la rentrée de sixième, devant la classe de Mme Gordon qui nous avait crié de nous mettre en rang deux par deux, avant de nous parler pendant un an de la secte Moon au lieu de nous faire cours de maths. Il m'a pris la main et m'a guidé vers le toit d'un immeuble moderne donnant sur la rue de derrière, un toit immense et complètement plat, recouvert de gravier. « C'est mon immeuble », il m'a dit, et j'ai répondu « d'accord », sans préciser que Solène m'avait forcé à faire le pied de grue devant chez lui des après-midi entiers en CM2, juste pour l'apercevoir et commenter sa tenue tout le reste de la journée. Nous marchions en silence et il ne lâchait ma main que lorsqu'il fallait passer un obstacle et la reprenait juste après, comme si cela faisait partie d'un protocole bien établi à l'avance pour assurer notre sécurité. Les yeux rivés sur sa gourmette, je tentais de ne pas vaciller. Les toits étaient larges et leur pente très douce et c'est seulement entre son immeuble et le précédent que les choses se sont compliquées parce qu'il fallait sauter. L'écart entre les deux n'est pas immense, à peine plus grand qu'une enjambée. Mais un précipice est un précipice. Taël a sauté en premier, ça n'a fait aucun bruit particulier, juste ses baskets sur le gravier, un son sec et sûr. Il s'est retourné et ça me semblait incroyable d'être là, sur les toits, avec lui se tenant devant moi dans la nuit, au-dessus de tous les gens que nous connaissions depuis toujours, et qu'il m'attende, après toutes ces années à le regarder et à l'attendre, moi. Je me suis dit… *c'est peut-être ça le saut dans l'âge adulte : après avoir sauté au-dessus de ce petit morceau de vide, je ne serai plus du tout un enfant.* Alors je me suis accroché de toutes mes forces à ses yeux et je me suis élancé dans le vide. Et je peux vous dire que l'atterrissage dans l'âge adulte, pieds nus sur les graviers, a été douloureux. J'ai poussé un petit cri, et ça nous a fait rire tous les deux, à voix basse, pour ne pas troubler le secret de notre rencontre.

Le toit de son immeuble était grand comme au moins deux terrains de tennis et pour y accéder, Taël n'avait qu'à emprunter les escaliers où personne ne s'aventurait puisqu'il y avait deux ascenseurs, a-t-il tenu à préciser. J'ai cherché son jardin des yeux mais je ne voyais pas la moindre plante, seulement des câbles, des tuyaux et des gros tubes comme sur un paquebot. « Suis-moi », il m'a dit, sans me prendre la main cette fois, et il m'a emmené tout au bout, du côté de sa rue à lui, et il s'est arrêté net. Taël avait disposé trois grosses pierres et autour il avait tracé des motifs dans les graviers, probablement avec un bâton. Des cercles, formant une onde, comme si on avait jeté des cailloux dans un lac et que tout s'était figé. Ailleurs, c'étaient juste des lignes parallèles, dessinées bien droites. Taël s'est assis sur un gros bloc où dormaient les pales d'un système d'aération et m'a invité à prendre place à ses côtés. On est restés sans parler un moment, à regarder les graviers sous la lune. « C'est beau », j'ai dit, parce que le soin apporté m'avait donné assez de confiance. « C'est un jardin zen, m'a expliqué Taël, on en trouve dans les temples au Japon. » J'en avais déjà vu dans les atlas du CDI, mais je n'ai rien dit, parce que je ne voulais surtout pas gâcher ce moment entre nous et je n'arrivais pas du tout à établir la manière dont je devais m'adresser à lui. Nous étions simplement assis là, à contempler les cendres du temps, tel des samouraïs japonais en cavale, lui le puissant shogun fatigué de se battre et moi le vil ronin né sous l'astre orphelin. Une moto a déchiré le silence, puis des rires échappés d'une fenêtre, puis plus rien. «Je suis déjà allé jusque-là, il m'a dit en pointant un immeuble près du parc. Après, je suis bloqué, je ne sais pas comment passer sur le toit suivant.» Une autre moto a rugi en bas. «Ton frère, lui, il savait.»

«Pouce carré, pouce carré, épaule! Plus vite! Plus vite! Redressez.» Je rectifie ma posture, et je me concentre pour ne pas me crisper sur l'archet. Maryvonne plisse les yeux en m'écoutant massacrer Kreutzer. Je crains le moment où elle va taper du plat de la main sur son piano pour me faire son couplet sur la discipline. «Si votre grand-père entendait ça.» La pauvre, si elle savait que je lui marche sur la tête en pleine nuit. Mais elle me laisse continuer, m'accompagne avec de petits mouvements de tête satisfaits. Dans la pièce saturée de notes, je la trouve adorable cette vieille tige de fer avec ses grosses lunettes suspendues à son cou par une épaisse chaîne en plastique rose pâle et ses tailleurs en laine à toute épreuve. Ça fait six ans qu'elle me dresse comme une plante sauvage sans jamais baisser les bras. Même quand je m'agrippe au violon, grinçant de maladresse et que, les larmes aux yeux, je rêve de lui écraser l'instrument sur la tête, elle finit toujours par m'offrir un jus de pomme et par me dire des choses gentilles. « Votre frère et vous, vous m'en faites voir de toutes les nuances », elle m'a dit une fois, après m'avoir traité de nouille, ce que j'avais particulièrement mal pris. Puis, versant le jus glacé dans un grand verre à limonade, elle avait ajouté : « C'est votre corps l'instrument, pensez à l'accorder lui aussi. » C'est son truc à elle, les phrases mystérieuses. N'empêche, elle est sans doute la personne pour laquelle je me suis donné le plus de mal dans ma vie. La tête penchée sur mon violon, je profite du mouvement que je maîtrise le mieux pour admirer son chignon et imaginer sa chevelure délivrée de sa nasse d'épingles tandis que, du bout des doigts, elle répond au piano aux questions timides de l'archet. C'est bon signe quand elle se met à jouer. Se glissent alors dans le dialogue des notes écrites à l'avance toutes les choses pour lesquelles je n'ai pas de mots. Les mains de Maryvonne virevoltent, agiles. Elles me suivent, elles me soutiennent, ses mains couleur d'automne sur la dentelle du piano, et moi qui ne sais rien, je sais tout, il me suffit de me fondre dans les gestes mille fois répétés. Aujourd'hui, l'adagio si souvent exécuté dans la douleur est une danse de la joie au-dessus des immeubles avec Taël et chaque coup d'archet m'emmène plus loin dans mon rêve, projetant avec le son des images nouvelles : les toits chauffés à blanc par la lumière de l'été, une course folle sur le zinc, des sauts de géant d'un toit à un autre, d'un pays à un paysage, le soleil à la verticale de la forêt, les arbres à l'infini et la pluie soudaine, implacable, les corps trempés et l'odeur de la terre, le visage étincelant de pluie de Taël. L'orage nous traverse de sa lame électrique, nous sommes vides et pleins, dissous et heureux. Puis le dernier mouvement, aux notes amples et graves, nous ramène à l'abri des feuillages épais, gavés de sève sucrée sous l'ombre narcotique d'opulentes fleurs carnivores. Je me détache doucement du violon et desserre mes doigts de l'archet. Même Maryvonne est ébouriffée. Elle chausse ses lunettes pour me considérer avec toute la netteté requise par ma prestation : « Eh bien, jeune homme, si c'est grâce à votre vernis, il faudra en distribuer au conservatoire. » Elle s'approche du plateau où la carafe ruisselle de fraîcheur, et verse la pomme dans une cascade de glaçons. « Vous n'avez pas joué Beethoven », elle s'avance, me tend le verre, réajuste son chignon. Je m'inquiète de ce qu'elle va dire, je suis absolument certain de ce que je viens de jouer, la même partition, encore et encore depuis des mois. « Savez-vous seulement ce que vous venez de faire ? » Elle m'énerve, mais je l'adore quand elle fait ça. Je bois en silence et la regarde droit dans les yeux. « Vous avez interprété la Sonate à Kreutzer ». « Et maintenant ? » demande-t-elle. « Maintenant je dois rejoindre mon amie Sabrina, elle m'attend en bas pour aller à la piscine. » Elle rit. « C'est très bien. Mais surtout, vous direz à votre mère que je veux vous voir deux fois par semaine jusqu'à l'audition, après ce que je viens d'entendre, je ne peux pas vous permettre de ne pas travailler. » Je dévale les escaliers. Sabrina est adossée au mur en débardeur blanc, elle est proprement éblouissante. « Elles sont où tes affaires de piscine ? » je demande, essoufflé. « Laisse tomber la piscine, on a des choses plus importantes à faire. »

« Tu vois la meuf sur le radiateur ? Elle est trop spé. Viens, on va lui parler. » C'était la première semaine de la rentrée de quatrième et en une phrase, Solène a changé ma vie. Effectivement, Sabrina était spéciale. Déjà, elle gérait son propre empire, en toute indépendance. Du haut de son radiateur, où elle passait l'intégralité des récrés, elle administrait sa petite cour avec une malice souveraine. La cour en question était composée de trois copines prêtes à prendre trente heures de colle à sa place sans sourciller. Les autres, et je veux dire absolument tous les autres, caïds et pions compris, lui fichaient une paix royale. Sabrina n'était pas une élève à proprement parler, mais une personne à part entière. Elle fréquentait notre établissement, mais y traçait son propre parcours. Très vite, on s'est mis à parler de musique. Sans doute à cause d'un de mes t-shirts seventies piqué à mon frère. Elle connaissait des chanteurs dont je n'osais même pas prononcer le nom au collège, et surtout celui de notre idole : Nico. Après, je ne sais plus bien, mais elle est descendue de son radiateur, ses copines ont disparu du paysage et on ne s'est plus lâchés d'une semelle. Le week-end suivant, je l'emmenais voir des copains de mon frère en concert dans une salle perdue à l'autre bout de Paris. Trois stations de métro ont suffi pour comprendre la nature réelle de notre complicité : nous vivions tous les deux dans une maison de fous. Elle m'a décrit les contours de la sienne à grands traits, j'ai fait de même, et les mois suivants, nous nous sommes contentés d'accepter la réalité de l'autre sans poser de questions inutiles.

Voilà pourquoi l'annulation de la piscine ne m'a pas surpris outre mesure. Nous avions déjà changé nos plans pour apporter des objets à de vieux antiquaires, et même une fois, pour rendre visite à quelqu'un en prison. Il faisait beau et Sabrina avançait d'un air décidé vers l'île Saint-Louis. Je me suis demandé un moment si elle ne faisait pas tous ces mystères juste pour m'offrir une glace à la pistache chez Berthillon. C'était son genre aussi. Mais il faisait un peu frais et ses œillades trahissaient une attention inhabituelle à mon égard. Nous avons traversé la Seine, par le pont depuis lequel Notre-Dame ressemble à une araignée. Je regardais les immeubles bordant le fleuve et une idée de moi bondissait de toit en toit, dégagée des contraintes de la pesanteur. Je pensais à tout ce qui est invisible et essentiel. Sabrina me guidait avec les hésitations de quelqu'un qui revient sur ses pas, nous tournions dans une rue, faisions demi-tour, jusqu'à retrouver la piste. D'un coup, elle s'est arrêtée devant une boutique, c'était une galerie de photos et elle m'a dit : « Vas-y, je t'attends ici. »

J'ai poussé la porte, et je me suis retrouvé dans une grande pièce vide, avec un sol en béton et des murs blancs sur lesquels étaient exposées une trentaine de photos. Tout au fond, une dame lisait, assise sur un petit bureau. Elle n'a pas levé les yeux. J'ai lancé un regard vers la vitre, Sabrina m'a fait un signe de tête pour m'encourager à avancer, et puis elle s'est retournée. J'ai suivi un moment sa silhouette blanche et quand elle a disparu de mon champ de vision, j'ai commencé à regarder les photos en essayant de comprendre ce que je faisais là. La première avait été prise la nuit. Un arbre immense et, agrippés dans ses branches, les corps de six ou sept personnes. Pas de visages, juste les corps en escalade vers la cime, à demi nus et à demi cachés. Comme un jeu d'enfant, mais tard et ivre et déjà grand. Elle m'a fait battre le cœur, cette photo. Sur la suivante, un des garçons de l'arbre plongeait dans un lac et les éclaboussures se mêlaient aux étoiles. Ses camarades, toujours perchés, le regardaient comme des fées. Sur une autre, ils couraient tous dans l'eau, de dos, sous le soleil inondant les rochers. Toutes les photos c'était ça, ces filles et ces garçons qui avaient l'air totalement libres et heureux et de s'aimer également dans les arbres et sur la pierre. Un brasier. Cachés du monde et totalement visibles à eux-mêmes. Mais pas du tout dans un style niais comme sur les albums de ma mère avec ses amis à Launay quand ils portaient des habits de fermiers dans les années 1980. Ici, il n'y avait pas de vacances, il n'y avait pas de retour. Ce monde-là, une fois qu'on y était entré, on n'en ressortait plus. Même de l'avoir vu, simplement, je savais que je n'en reviendrais pas. Ce champ, cette grotte, la fille enceinte sous la cascade, ils écorchaient une zone sous ma peau. Et puis je l'ai vu. Son sourire aux mille dents et ses yeux verveine, en gros plan, le flash en plein visage et, derrière, trois silhouettes noires dansant au crépuscule. Mon frère, les épaules nues, à dix centimètres de l'appareil photo. Tellement près que je l'entendais rire en même temps que je m'approchais. Il avait l'air heureux, c'était son vrai sourire, son vrai visage, son meilleur visage, même. Le temps de recomposer le monde autour de cette photo, j'avais les joues trempées de larmes, je l'appelais à voix basse sans pouvoir m'arrêter de dire son nom. J'ai commencé à aller vers toutes les photos pour voir s'il était dessus, si je le trouvais ailleurs, autrement, encore. Partout je le devinais, une main, un pied, dansant ici, nageant là. Et puis tout au fond, il y avait une photo sur laquelle la fille enceinte était allongée toute nue sur un lit, baignée d'une douce lumière jaune et de sa main elle caressait les cheveux de mon frère, étendu à ses côtés, la tête posée sur ses jambes. Je ne sais pas combien de temps je suis resté, mais assez longtemps pour que le soleil ait complètement disparu. Lorsque je suis sorti, Sabrina était assise sur le trottoir. Elle avait froid. Elle s'est levée et en époussetant son jean elle m'a dit : « Alors, comme ça, tu vas être tonton ? »

Ma rencontre avec Taël a ouvert une nouvelle brèche dans le temps. Depuis, plus rien n'est pareil au collège. D'abord, c'est trop bizarre entre nous, on ne se parle pas vraiment, mais son armée de trolls me fout une paix royale. À tel point que personne n'a osé critiquer mon vernis à ongles, c'en est presque frustrant. Rachel m'a même demandé quelle marque j'avais utilisée. Et pour la première fois, je n'ai pas perçu ce ton sarcastique dans sa voix, dont elle use pour asseoir son pouvoir sur le monde. Taël ne me parle pas, néanmoins en langage collège, tout le monde comprend parfaitement mon changement de statut. Hier, il m'a choisi en deuxième dans son équipe de volley. Je commence même à me sentir à l'aise dans les vestiaires. Grâce à mes nouveaux muscles aussi. Comme dit le prof de physique : « Rien ne se perd, rien ne se crée, tout se transforme. » Je ne vois pas mieux pour décrire mon état en ce moment. « Un peu comme le visage de la comtesse », a rigolé Sabrina à qui j'ai expliqué ma nouvelle théorie. Ça me ferait rire si je n'étais pas tellement en colère contre ma mère. Mais les affres de l'adolescence ne sont rien, il est vrai, en comparaison des métamorphoses que lui injecte sa dermatologue. Toujours plus de lèvres et de pommettes pour pallier son manque pathologique de générosité. Je me demande même si son cœur, trop occupé à pomper de la morphine, est encore capable d'amour. L'autre jour, elle n'a pas versé une seule larme quand je lui ai montré *Call Me By Your Name*. Tout ce qui l'intéressait, c'était de commenter leur villa en Toscane, je ne suis pas sûr que nous ayons encore des choses à partager. Moi aussi, je vais finir par quitter l'asile familial, je suis peut-être trop jeune pour l'Amazonie, mais personne ne peut m'empêcher de monter sur les toits. Disparaître dans la nuit avec Taël, vivre une existence de poète au sommet de la ville. Lui, il pourrait faire ses jardins et moi, je m'occuperais d'éteindre les monuments en attendant d'entreprendre d'autres voyages, de rejoindre mon frère. Parfois aussi, je jouerais du violon au-dessus du salon de Maryvonne. On ne descendrait que pour voler à manger au marché et des livres d'occasion à la librairie. J'enfile mon sweat vert en pensant à la forêt de pins où j'ai reçu cet été mon premier baiser. Et pour une fois, je mets des chaussures, on ne sait jamais ce que nous réserve la nuit. Piotr me regarde avec défiance, il n'aime pas quand je me prépare à partir sans lui.

ELLE A QUEL ÂGE, LA PUCE ?

Claudine Desmarteau

Combien de fois j'ai entendu cette putain de phrase ?

On me regardait. C'est ma mère qui répondait : « Elle a cinq ans... » « Bientôt sept ans ! » « Huit ans et demi... » « Dix ans, déjà ! »

« C'est pas possible ! » « Incroyable... » « Vous avez de la chance ! » « Les enfants ne devraient jamais grandir. »

Des gueules souriantes se penchant sur moi. Yeux ronds, étonnés, curieux... Sourires niais, attendris. Sourires carnassiers. Peaux en gros plan. Peaux d'adultes. Pores, poils, rides.

Ces mains caressant mes cheveux, me tripotant les mains, me soulevant pour me porter dans leurs bras. M'embrassant sur les joues. Leurs odeurs. Sueur mêlée de parfum. Haleines de clope, d'alcool, de chewing-gum à la menthe, haleine de pue-de-la-gueule, haleine de pourriture qui vient des entrailles. Dégoût des adultes.

Oncle Jo, qui me faisait sauter sur ses genoux. Il me tenait fermement par la taille. « À dada ! » J'avais horreur de ça. J'avais envie de crier « ARRÊTE ! ».

Mais je n'osais pas.

« VOILÀ LA PETITE CHOUETTE ! »

À l'école primaire en CE1, la maîtresse me surnommait « la petite chouette ». À cause de mes grands yeux – tout était petit chez moi, sauf les yeux.

« Qu'est-ce qu'elle dit, la petite chouette ? »

Elle dit qu'elle a une boule dans le gosier.

Elle dit que ça l'horripile que tu te permettes de changer son nom.

Elle dit que ça lui écorche les oreilles quand tu brailles « LA PETITE CHOUETTE » et que toute la classe se marre. Parce que quand c'est la maîtresse qui vanne, toute la classe est autorisée à rire. Fort et longtemps, ils rigolaient.

Moi je rougissais.

J'attendais que ça se termine.

La petite chouette dit qu'elle te DÉTESTE et

qu'elle déteste l'école à cause de toi. Elle dit qu'elle déteste tes grosses fesses et tes bracelets qui font du bruit. Elle dit qu'elle aimerait que tu l'oublies et que tu changes de victime. La petite chouette dit qu'elle voudrait juste que TU LUI FOUTES LA PAIX.

En vrai, la petite chouette répondait rien.
Muette, la petite chouette.
Elle n'osait pas ouvrir le bec.

Les surnoms.
Parlons-en.
« La petite souris »
« Mon chaton »
« Le moineau »
« Mon petit chou »
« La puce »
« La crevette »
« Le têtard »
C'était affectueux, c'était tendre... ou ils se foutaient gentiment de ma gueule ? Je ne savais jamais à quoi m'en tenir. J'étais susceptible, j'avoue.

« Bien sûr que c'est affectueux, ma chérie ! Tu es si mimi avec tes grands yeux noirs. »

Je leur trouvais des gueules perfides, moi. Avec leurs tronches fendues en deux par des sourires ricanants, vilaines grimaces qui creusaient leurs rides d'adultes. Ils avaient été des enfants un jour, ces adultes-là ? Impossible.

Quelques années plus tard, c'est devenu plus limpide – rapport aux surnoms donnés par d'autres élèves.

« Demi-portion »

« La naine » (celui que j'ai le plus entendu)

« Polly Pocket »

« Lilipute »

« Bratz »

Barbie, jamais. Barbie est grande, élancée. Super gaulée, Barbie. Elle a des seins. C'est une femme, pas un avorton – je l'avais oublié, celui-là, « l'avorton ».

L'avorton n'a pas le droit de se plaindre.

Ce moineau-là n'a jamais manqué d'amour.

La crevette est l'enfant de la dernière chance. Celle qu'on n'attendait plus. Ma mère n'osait plus espérer. Elle avait adopté un chat.

« Tu as été désirée, tu sais ! »

Je sais, ouais. Les FIV, les fausses couches et rebelote… Je la connais, l'histoire.

La crevette a été adorée et chouchoutée.

La pupuce a été portée, caressée, tripotée. Partout. Tout le temps.

Y avait oncle Jo, qui sentait toujours le tabac froid. Ses yeux brillants et ses dents jaunes. Pire que « À dada » sur ses genoux : quand il me lançait en l'air, dans le jardin. Il me rattrapait en éclatant de rire et mes parents riaient aussi. Moi j'avais envie de hurler de peur mais je n'osais pas. Alors j'allais me cacher quand j'entendais sa voix.

Et le pédiatre en blouse blanche. Fallait toujours qu'il me porte dans ses bras, même quand j'avais six ans, sept ans, il continuait à me porter dans ses bras comme si j'étais un bébé.

Mes tantes caressaient mes cheveux et me mordillaient les pieds. « Elle est à croquer ! »

Mes cousines jouaient à la poupée avec moi. Elles faisaient des courses de poussette. À fond dans le petit sentier caillouteux. Au début c'était drôle, je riais tellement que j'avais mal au ventre... et puis ça allait trop vite, j'étais brinquebalée, attachée dans la poussette, mes cousines hurlaient de rire et moi je pleurais mais elles ne m'entendaient pas et j'avais peur de me crasher dans les cailloux.

Celle qui jouait le plus à la poupée avec moi, c'était ma mère. Elle me déguisait, m'achetait plein de fringues. Des manteaux en fausse fourrure et la capuche avait des petites oreilles. J'étais déguisée en peluche.

« Trop chou ! Je peux la prendre dans mes bras ? »

Sur les photos de classe, j'étais toujours au premier rang. Le rang des petits, assis sur un banc. Les normaux et les grands étaient debout derrière, aux deuxième et troisième rangs.

Deuxième et troisième rangs : pas pour moi. Jamais.

LA NORME.

Édictée par la courbe de croissance dans le carnet de santé. La norme sur papier millimétré. Validée par une bande blanche, large de quatre centimètres, sur un fond bleu. Plusieurs lignes rouges, à l'intérieur et à l'extérieur de cette bande blanche. J'étais dedans. Proche de la limite, mais dans la bande blanche.

« Pour l'instant, ça va… Mais faudrait pas qu'elle passe en dessous de la ligne rouge. »

Plus les années passaient, plus ma courbe de croissance se rapprochait de la ligne rouge qui marquait la fin de la bande blanche. À l'âge de dix ans, elle a rejoint la ligne rouge.

La ligne rouge. La ligne de l'angoisse.

Je le voyais bien, dans la cour de récré. Comment les autres grandissaient beaucoup plus vite que moi. Certaines filles commençaient même à avoir des petits seins. À onze ans, ma courbe de croissance est passée sous la ligne rouge, dans la zone bleue.

À onze ans, je suis sortie de la bande blanche.

Je n'étais plus dans la norme.

Pas besoin de regarder une courbe pour s'en apercevoir.

Au collège, c'était de plus en plus flagrant. En sixième, je ressemblais à une erreur dans la cour de récré. Les pions remplaçants me demandaient ce que je foutais là.

« TOI, t'es en sixième ? On va vérifier ça. T'as sauté quatre classes ou quoi ? »

Je portais un tee-shirt rayé à manches longues et, par-dessus, un tee-shirt manches courtes Jimi Hendrix. Ou Iggy Pop & The Stooges.

« C'est qui, Jimi Handrixe ? »

« Elle fait sa crâneuse, la naine. »

À onze ans, je mesurais 1,30 mètre.

Dans la zone bleue.

Depuis que j'étais sortie de la zone blanche, tout devenait plus compliqué. Alors que mes copines faisaient leur shopping chez H&M et Zara, j'étais forcée de continuer à m'habiller chez l'enfant. J'allais acheter mes fringues dans des magasins encombrés de poussettes pleines de nourrissons braillards. Les slims étaient à la mode mais je n'en portais pas.

Mes guiboles allumettes dans un jean skinny ? J'aurais fait pitié.

J'appréhendais chaque situation de la vie quotidienne.

À la bibliothèque, je n'empruntais pas de BD : le rayon était trop haut sur l'étagère.

J'avais peur d'être appelée au tableau pour résoudre une équation : trop petite pour écrire en face du =.

J'ai refusé d'aller à Eurodisney avec des copines. Je savais que certaines attractions – les plus excitantes – m'auraient été interdites à cause de ma petite taille.

Quand je me retrouvais au milieu d'un groupe, je me hissais sur la pointe des pieds. Dans la foule, j'avais la hantise de me faire écrabouiller par le troupeau.

Je prenais le bus – bondé – matin et soir pour aller au collège. J'étais à la hauteur des aisselles.

Pour moi, la croissance va s'arrêter là : à la hauteur des aisselles.

Les chaussures, c'était pire que les fringues. Pour ma pointure (33), c'était chez les mômes, forcément. J'arrivais à dégoter des baskets potables, mais moi, ce que je voulais, c'était des chaussures à talons.

Cinq centimètres de plus, ça transformerait ma vie !

Mais les seules chaussures à talons à ma taille, c'étaient des chaussures de flamenco, ou de claquettes, avec des fers. Alors j'ai commencé à prendre des cours de claquettes, mais au bout de quelques mois, ça m'a saoulée et j'ai arrêté.

Je me réfugiais dans la musique.

Sympathy for the Devil.

J'aurais vendu mon âme au diable pour revenir dans la bande des normaux.

La rentrée de sixième avait été dure.

Celle de cinquième fut cauchemardesque.

Tous les autres élèves avaient grandi. Tellement que j'avais la sensation d'avoir rapetissé.

Tous les autres élèves avaient changé de dimension. Sortis de l'enfance pour entrer dans l'adolescence, par la grande porte.

Toutes les autres filles avaient des seins, des hanches, des formes – impressionnantes chez certaines. Un festival de chair adolescente, lisse et bronzée. Hormones en folie. Garçons et filles se mataient en douce. Éclats de rire. Les corps se frôlaient.

Moi, je serrais les dents à me faire éclater la

mâchoire. Boule dans la gorge, mains moites, sensation de manquer d'air. Je refoulais une méchante envie de pleurer et de m'enfuir en courant. La crise de panique n'était pas loin.

Moi

13 ans

1,41 mètre

30 kilos

C'était comme si j'avais passé l'été dans un bocal de formol.

Alors que les autres avaient bu la potion magique.

Alors que pour les autres, c'était l'été des métamorphoses.

Ma mère a pris rendez-vous à l'hôpital avec un toubib spécialisé dans la croissance.

Ça puait la maladie et le malheur dans les couloirs de l'hosto. Y avait des enfants tout tordus, recroquevillés dans un fauteuil roulant, des enfants chauves, maigres et pâles comme des morts. Tous ces enfants à moitié foutus me donnaient envie de chialer. Plus l'attente était longue, plus je broyais du noir. *Bientôt tu seras comme eux. Tu ne grandiras plus jamais. Pire : tu vas commencer à rétrécir et puis tu t'affaibliras... Ensuite, ce sera le fauteuil roulant.*

Le médecin – un jeune à lunettes – s'adressait à ma mère : « Elle mange bien ? »

Je bouffais toutes les saloperies que je voulais sans prendre un pet de gras. Ma mère préparait des bons petits plats mais je préférais me goinfrer de junk food – pizzas, Big Mac, Nutella à gogo et beaucoup de Coca pour noyer tout ça dans le sucre.

Le toubib a mesuré les os de ma main, sans me regarder dans les yeux une seule fois. J'ai remarqué qu'il avait une galette clairsemée à l'arrière du crâne. Chacun sa merde.

« Lève les épaules. » « Tends les bras. » « Mets les coudes au niveau des épaules. » « Touche tes pieds. » « Relève-toi. »

Il a pris d'autres mesures : de la main à l'épaule. De l'épaule au bassin. Du bassin au genou. Du genou au pied.

« On se revoit dans quelques mois. Il faudra sans doute faire d'autres investigations. »

Je faisais souvent le même cauchemar. J'avais mangé le gâteau Mange-moi d'*Alice au pays des merveilles*. Et je rétrécissais... encore et encore. Je me réveillais en pensant : *Ouf, c'était juste un cauchemar !*

Et je tombais du lit comme d'une falaise.

Deuxième rendez-vous à l'hôpital. C'était pas le même toubib, celui-là était plus vieux et moins froid. Il a repris un tas de mesures.

« Y a pas de quoi paniquer. Elle est bien proportionnée. »

Cette manie de parler de moi à la troisième personne, comme si j'étais un animal domestique...

En sortant de l'hosto, ma mère était toute joyeuse.

« Ben tu vois, tout est normal ! »

J'étais normale, mais en modèle réduit. Une mini-normale. Une Lilipute correctement proportionnée.

Ma mère en rajoutait.

« Small is beautiful. Les petits, c'est les meilleurs en tout : Édith Piaf... Fred Astaire, Prince ! »

J'étais fan d'Elvis Presley, de Jimi Hendrix et de Robert Plant.

« T'as pas un tampon ? »

Cette question ne s'adressait jamais à moi. Une grande partie des filles de la classe avaient déjà leurs règles. Léna les avait eues à onze ans, Margot et Justine à douze, Chloé, Anna et Lili à treize. Elles en étaient fières. Ne parlaient que de ça. Me rassuraient avec une pointe de dédain.

« T'inquiète la puce, ton tour viendra... »

Les règles déclenchaient des changements

spectaculaires sur les corps des filles. Elles étaient formées, comme on dit. C'étaient *des vraies filles*. Pas des gamines. Et elles avaient des discussions de filles – dont j'étais forcément exclue.

« C'est quoi ta marque de tampon ? »

« Je préfère ceux avec applicateur. »

« Putain, j'ai trop mal au bide. »

Elles me regardaient de haut.

« Tu peux pas comprendre... C'est la pire des douleurs. »

J'avais très envie d'avoir mes règles, comme les autres. Ça m'obsédait. Mais j'étais terrifiée à l'idée d'avoir mes règles maintenant, alors que je mesurais 1,41 mètre.

« Tant que t'as pas tes règles, tu peux encore grandir. »

« Après, c'est mort... Quand t'as tes règles, la croissance s'arrête. »

« Bien sûr que c'est vrai... Je t'assure. »

Je m'en prenais plein la gueule.

Les vannes méchantes des meufs.

« Tu pèses combien, la naine ? »

« Comment elle est trop maigre ! »

« On dirait un cure-dents. »

« Et elle bouffe comme douze ! »

« Tu fais beaucoup caca, toi. »

« Mais oui, c'est pour ça ! Elle chie tout ce qu'elle mange, ha ha ! »

La grosse Alice, elle me loupait pas. Tous les matins, dans la cour, elle s'accroupissait devant moi et me sortait :

« Y fait beau, en bas ? »

Je lui aurais bien craché à la gueule, mais je ravalais ma rage.

Les réflexions méprisantes des mecs.

« T'as quel âge, toi ? »

« Treize ans ? »

« Putain, je le crois pas... »

« Ma petite sœur est plus grande qu'elle ! »

Comme toutes les filles de mon âge, je rêvais de sortir avec un mec. Mais les mecs mataient les filles du collège qui étaient équipées de tout ce que je n'avais pas : des seins, des fesses sexy moulées dans des slims... Et un minimum d'assurance.

Les mecs me regardaient avec un petit sourire ironique.

« Elle est mignonne, Lilipute. »

« Y a du potentiel... »

« Hé, la petite ! Ouais, toi... »

Je m'approchais. Le gars me dévisageait de la tête aux pieds.

« Reviens me voir dans quelques années… quand tu chausseras du 35. »

« Ha ha ha ! »

J'avais acheté un carnet noir, dessiné une tête de mort au Tipex sur la couverture. Sur les pages blanches, j'écrivais des phrases qui claquent, des punchlines que j'apprenais par cœur dans le but de les balancer du tac au tac à celles et ceux qui m'humiliaient en public sur ma petite taille.

C'est parce que t'as une petite bite que tu me vannes sur mes petits pieds ?

Si tu continues à dire des saloperies sur moi, tu vas chier un crapaud.

Va te laver les dents, tu pues de la gueule.

Ouais, c'est vrai… Tout est petit chez moi. Pas comme ton cul.

Toutes ces phrases sont restées enfermées dans mon carnet noir.

Jamais je n'ai osé en sortir une seule.

Heureusement y avait Lou. Ma meilleure amie depuis la sixième. On s'était trouvées dès le jour de la rentrée. On ne se quittait pas, on se disait tout, on se donnait du courage mutuellement – elle avait aussi ses petits complexes, Lou. Des joues trop rondes, des dents de traviole, redressées par des séances de torture hebdomadaires chez l'orthodontiste.

On ne faisait pas partie des populaires – les meufs admirées et respectées de toutes et tous.

Lou a eu ses règles à treize ans, elle en a pas fait une affaire d'État. Maintenant, Lou était comme les autres filles.

Moi je stagnais.

Chez moi, tout était bloqué. POURQUOI ?

J'encaissais mon lot d'humiliations quotidiennes sans craquer, mais parfois c'était trop dur et je me précipitais aux chiottes pour sangloter en silence. Je restais enfermée jusqu'à ce que j'arrive à stopper le flot de larmes. Puis je m'essuyais avec du PQ et m'aspergeais le visage d'eau froide. Je rasais les murs pour éviter les sarcasmes.

– T'as chialé, Polly Pocket ?

– Non.

– T'as les yeux et le nez tout rouges.

– C'est une allergie.

– Ah ouais ?... Une allergie à quoi ?

Mêle-toi de ton gros cul, espèce de pouffe sadique. Oui, je suis allergique. À ta sale gueule.

En fait, je disais rien... comme d'hab, je me contentais de haïr en silence. Rentrée à la maison, je remplissais mon carnet noir de phrases assassines. Je devenais mauvaise, moi aussi.

Et parano.

On va me faire redoubler à cause de ma taille.

Parfois, des hommes me mataient. Des adultes, des vieux. J'avais envie de pleurer de rage et de dégoût. J'avais envie de m'approcher d'eux et d'enfoncer deux doigts dans leurs petits yeux vicelards.

Seul le cinéma avait le pouvoir de m'arracher à moi-même.

À quatre ans, j'ai vu *Le Kid* et je suis tombée amoureuse de Charlie Chaplin. Je regardais ses films avec mes parents, on riait et on pleurait ensemble. Charlot a le pouvoir de souder les familles – le temps d'un film, au moins. Tout le monde est fan de ce petit bonhomme racho, fringué comme un clodo. On dirait qu'il a chié dans son froc qui tient avec une ficelle et il ose défier les puissants en toute naïveté. Il se prend des gros râteaux, on rigole de ses déboires et de ses humiliations. On l'adore, parce qu'il est comme nous : carrément pas à la hauteur. Et alors ? Ça l'empêche pas de rêver. Sans jamais donner de leçons de morale, Chaplin réveille en nous ce qu'on a de moins moche. Un peu de compassion, de tendresse pour son prochain. Un peu d'humanité, quoi…

Charlot me réconciliait avec moi-même et avec les autres. J'ai visionné *Les Lumières de la ville* des dizaines de fois. Je connaissais la dernière scène par cœur mais je chialais à tous les coups.

Seul le cinéma me procurait des émotions aussi puissantes, *qui ne me concernaient pas*. Je ressentais intensément, mais sans souffrir.

Seul le cinéma parvenait à me faire oublier mes complexes, mon impuissance et mes frustrations. À apaiser la colère qui me rongeait les tripes.

Regarder un grand film me faisait grandir.

À dix ans, j'ai vu *Le Bal des vampires*. J'en ai fait des cauchemars pendant trois semaines mais, au moins, je rêvais de vampires. Pas du gâteau Mange-moi qui me faisait rétrécir.

J'ai pris goût aux films d'horreur et d'angoisse. Je me suis fait tous les classiques. *La Nuit du chasseur, Psychose, Shining, L'Exorciste, La Nuit des morts-vivants, Suspiria, Rosemary's Baby…*

J'aimais la compagnie des zombies, des psychopathes et des névrosés. J'adorais avoir peur, au chaud, en sécurité, à l'abri des autres et de leurs sarcasmes.

Je consommais toutes sortes de films. De l'horreur au glamour.

J'étais fascinée par des actrices iconiques qui jouaient des héroïnes fortes et sublimes : Marilyn Monroe, Rita Hayworth, Liz Taylor, Ava Gardner, Jean Harlow... Elles avaient tout ce qui me manquait. Leurs formes affolantes embrasaient l'écran. Je les voyais comme des déesses surpuissantes.

Je n'avais pas conscience de leur fragilité.

Un lundi matin, juste avant le début du cours, je suis montée sur l'estrade pour imiter le prof de maths qui se mouchait avec des bruits dégueulasses. Tous les élèves étaient morts de rire.

À dater de ce jour, leur regard sur moi n'a plus été le même. Encouragée par les rires, j'ai continué à faire le guignol – mes imitations des profs avaient beaucoup de succès. Du coup, on me vannait moins sur ma petite taille. Je reprenais confiance en moi... un peu.

Alors que je me baladais avec ma mère dans la rue, une femme nous a abordées en souriant. Elle était directrice de casting et elle m'avait repérée – à cause de ma petite taille, forcément. Elle cherchait une fille d'une dizaine d'années pour jouer dans un long métrage.

– J'ai pas dix ans. J'ai treize ans.

– Aucune importance.

– J'ai treize ans, PAS dix.

– Justement. C'est parfait.

Je la regardais d'un œil mauvais. Avoir l'air d'une gamine de dix ans quand on en a treize, C'EST PAS PARFAIT. Connasse.

– On peut faire un essai, maintenant... si vous voulez bien, elle a dit en regardant ma mère.

Je l'ai fait, le bout d'essai, et j'ai été choisie. Ma mère était ravie.

– Je vais pas jouer une môme de dix ans ! Ça va pas la tête !

– Réfléchis... ça te sortirait un peu du collège...

J'ai réfléchi.

Je voulais dire non mais finalement j'ai dit oui.

Pour entrer dans le monde du cinéma.

Le tournage du film s'est bien passé. Sur un plateau de cinéma, je me sentais à ma place. Personne ne m'appelait « ma puce », « la naine » ou « Polly Pocket ». Ça m'a fait des vacances...

Quand on a un petit rôle, on passe beaucoup de temps à poireauter. J'en profitais pour observer tous les faits et gestes des acteurs et actrices, des techniciens, du chef op, du réalisateur qui dirigeait tout ce petit monde. Il était petit et maigrichon mais ça l'empêchait pas d'être autoritaire.

Le film a déclenché d'autres castings, d'autres petits rôles. Chaque fois qu'il fallait jouer une fille plus jeune que moi, j'étais choisie.

À quatorze ans, je n'avais toujours pas mes règles. Mais j'avais grandi un peu. Sur la courbe, je me rapprochais doucement de la zone inférieure de la bande blanche.

À quinze ans, je n'avais toujours pas mes règles.

À seize ans, je n'avais toujours pas mes règles.

Je mentais aux copines (sauf à Lou). Quand j'avais un bouton sur le menton, j'incriminais mes règles. Je prétextais des maux de ventre abominables pour décommander une soirée entre filles – préférais rester chez moi et regarder pour la dixième fois *The Rocky Horror Picture Show*.

J'ai eu mes règles à dix-sept ans. J'avais tellement attendu ce moment…

J'arrivais même pas à me réjouir.

Et si c'était autre chose, cette tache de sang dans ma culotte ? Un kyste aux ovaires, ou plus grave… un cancer ?

Ma croissance allait s'arrêter, alors ?

J'ai dix-neuf ans et je mesure 1,58 mètre.

Mon corps a changé. Il était temps.

J'ai un copain depuis un an.

Ça va pas durer, je crois.

Au début il était – …il avait l'air – très amoureux. Moi je me sentais enfin belle. Ma vision du monde était transfigurée, j'avais presque envie de fraterniser avec mes pires ennemi(e)s. Je ressentais tout avec une intensité incomparable, comme si la beauté du monde m'était enfin révélée, comme si mon corps était équipé de nouveaux capteurs surpuissants.

Ma mère m'énervait beaucoup moins.

Hélas, cet état de grâce n'a pas duré très longtemps.

Je sais pas pourquoi ni comment ça s'est barré en sucette.

Il est devenu plus froid, carrément distant, même – genre il ne donne pas de nouvelles pendant deux jours et ne répond pas à mes SMS. Ça me rend dingue. Je me demande ce que j'ai fait pour mériter ça. Je me torture.

C'est ma faute…

J'ai dit une connerie qui l'a vexé.

Il a flashé sur une meuf d'1,80 mètre.

Je panique.

Renvoie un SMS.

Pourquoi tu me réponds pas ?

J'ai envie de le supplier. De m'expliquer. De revenir. De me pardonner.

Mais pardonner quoi, putain ? J'ai rien fait pour mériter d'être traitée comme une merde.

Je discute avec Lou. « Prends des distances. Tu verras comment il réagit. »

Je regarde *L'Exorciste*. Je me calme.

Reste silencieuse pendant plusieurs jours et, du coup, c'est lui qui me relance. Il est à nouveau tendre alors je me fais désirer, ça me plaît d'être un peu sadique. Faut bien qu'il paie, merde ! En vrai, je suis carrément heureuse de le retrouver comme au début.

Mais très vite, il redevient fuyant et foireux.

Ça fait tellement mal, d'être déçue à nouveau.

Je continue à jouer des petits rôles parallèlement à mes études à la fac de cinéma mais j'en ai plein le cul d'incarner des gamines de treize ans.

On me maquille, on me tripote les cheveux, on les boucle, puis on les lisse avec un fer brûlant. On me teint les cheveux en roux, en noir corbeau, en blond avec une mèche bleue. Ils sont devenus secs comme de la paille. Je regarde mon reflet dans le miroir.

Je suis devenue une Polly Pocket.

À nouveau, j'ai complètement ignoré mon copain pendant plus d'une semaine et à nouveau, il est redevenu doux comme un agneau. J'ai mis le temps mais j'ai compris : ça l'excite, de jouer au chat et à la souris.

Maintenant je le hais.

Faut que je me débarrasse de ce salaud. Avant qu'il me dégoûte des mecs. Inutile d'attendre. Lou est d'accord avec moi.

C'est fini. Désolée, je t'aime plus.

Voilà. Envoyé.

Trouve-toi une autre victime. Et n'essaie pas de revenir en rampant. T'es blacklisté, connard.

Sur un tournage, l'assistante du réalisateur parle de moi à la troisième personne :

– Il faut maquiller la petite pour la scène suivante.

– Commence pas à m'appeler « la petite » si tu veux pas que je t'appelle « la vieille », je lui balance sans réfléchir. C'est sorti tout seul.

Le chef op me regarde avec des yeux ronds et il éclate de rire. L'assistante me jette un regard noir mais elle ferme sa grande gueule.

Je viens de refuser un rôle d'ado de treize ans dans une série.

Je me sens bien sur un plateau, immergée dans la réalité parallèle du cinéma.

Mais je veux plus qu'on joue à la poupée avec moi.

Je ne veux pas être actrice.

Ce que je veux, c'est être derrière la caméra.

Ce que je veux, c'est réaliser un PUTAIN DE GRAND FILM.

Je vais apprendre.

Je vais bosser.

Je vais tout faire pour y arriver.

DANS LES PROFONDEURS

Manon Fargetton

Lison s'était toujours sentie à l'écart.

Mais ce midi, ce n'était pas juste une sensation. C'était une réalité mordante.

Tout avait commencé au self, une heure plus tôt. Lison s'était attablée avec ses amies et les avait écoutées discuter en grignotant ses frites. Juliette, la reine officieuse de leur groupe, affichait une nouvelle coupe de cheveux à propos de laquelle les autres filles n'arrêtaient pas de la complimenter. Lison s'était jointe au chœur de louanges parce qu'elle imaginait que c'était ce qu'on attendait d'elle, tout en songeant que cette coupe de cheveux n'était quand même ni révolutionnaire ni très réussie.

Lorsqu'elle était intervenue, Lison avait surpris un regard hostile. Adèle, à l'autre bout de la table, la dévisageait avec une moue arrogante. Au fond de ses yeux, une pointe de colère étincelait.

Lison s'était détournée en se demandant ce qu'elle avait fait pour mériter une telle sanction – elle n'avait pourtant pris aucun risque en paraphrasant les compliments d'une autre fille. Adèle avait beau ne jamais l'avoir appréciée, une alarme familière s'était déclenchée dans l'esprit de Lison. Quelque chose clochait. Quelque chose changeait.

Après manger, les filles étaient passées aux toilettes avant de quitter le bâtiment. Lison avait entendu des bruits bizarres dans le box d'à côté, où Adèle s'était enfermée. Elles étaient ressorties en même temps. Florine, qui se brossait les dents pour éviter que des morceaux de nourriture restent coincés dans son appareil dentaire, s'était étonnée.

– Tu t'es fait vomir ?

– Ouais, avait lâché Adèle du bout des lèvres avant de se rincer la bouche. Trop mangé, ça me restait sur l'estomac.

Elles avaient rejoint dehors l'autre moitié de leur groupe. Juliette lissait son carré léger qui voletait dans le vent breton en souriant à une blague de la solaire Roxane. Claire, à quelques pas, scrutait un groupe de garçons dans la file d'attente pour le self. Daphné, grands yeux noisette entre d'épaisses mèches chocolatées, les avait regardées approcher et, tandis qu'elles se mettaient toutes en mouvement pour rejoindre la cour, elle s'était glissée à côté de Lison.

– Tu as tes règles, toi ?

Lison, embarrassée par le ton de son amie davantage que par sa question, avait répondu que non, elle ne les avait pas encore. Daphné avait échangé un regard entendu avec Juliette, qui marchait un peu plus loin.

– Pourquoi tu me demandes ça ?

– Oh, pour rien ! Mais on se disait bien. Je veux dire, ça se voit que tu es la seule de la classe à ne pas les avoir. Tu es plus… Enfin, tu es moins mature. C'est normal.

Lison avait encaissé la pique, haussant une épaule, comme pour chasser un insecte agaçant. Daphné, Claire et l'ombrageuse Adèle avaient accéléré pour rejoindre Juliette, la laissant seule avec Florine. Celle-ci affichait un air rêveur.

– Toi aussi tu les as ? lui avait demandé Lison.

Florine avait sursauté, comme si la question la ramenait brutalement d'un lointain voyage intérieur.

– Quoi ?

– Tes règles ? Tu les as ?

– Depuis la sixième.

– Ah.

Elles s'étaient toutes installées dans leur coin habituel de la cour de récréation, à la lisière du goudron et d'une zone de terre où s'élevaient de grands arbres. Florine et Roxane s'étaient éloignées de quelques pas pour discuter ensemble à mi-voix. Daphné, Juliette et Claire débattaient des mérites d'une chanteuse dont Lison n'avait jamais écouté les albums. C'était cet instant qu'avait saisi Adèle pour lancer son attaque.

– On ne devait pas aller voir les filles du latin ? Non, pas toi, Lison.

– Ouais, avait renchéri Daphné, elles ne t'aiment pas trop, désolée. On y va ?

Juliette et Claire lui avaient adressé un petit sourire contrit avant de suivre Adèle et Daphné.

– Elles vont où ? avait lancé Roxane en dégageant ses longs cheveux roux de son écharpe.

Sans réussir à articuler un mot, Lison avait désigné les filles qui partageaient leurs cours de latin. Roxane et Florine étaient parties dans cette direction. Puis Roxane s'était retournée vers elle.

– Tu viens ?

Lison avait fait signe que non. Elle savait bien qu'aller voir les filles du latin n'était qu'un prétexte. Elle s'était déjà fait virer d'autres groupes, avait vécu assez de relations fusionnelles consumées en quelques semaines, pour comprendre qu'elle se tenait sur le seuil de leur prétendue amitié. Elle pourrait résister un moment – quelques jours, quelques semaines peut-être. Mais les attaques de ce type se multiplieraient jusqu'à ce qu'elle accepte son sort.

Les filles la pousseraient dehors, encore et encore, sans pitié ni regrets.

Alors Lison avait traversé la cour comme on arrache un sparadrap : d'un coup. Et elle s'était plantée là, le plus loin possible de la petite bande à l'ombre de laquelle elle s'était abritée pendant à peine plus d'un mois.

Appuyée contre un mur, elle refusait de se laisser aller à la peine brûlante qu'elle sentait couler au ralenti entre ses côtes. Elle observait les adolescents qui profitaient des derniers instants de liberté avant la sonnerie qui les renverrait en cours. Elle cherchait ce qui les rassemblait, cet élément mystérieux qu'elle ne possédait pas et dont ils repéraient l'absence.

Ou bien avait-elle quelque chose en trop ?

Car Lison n'avait pas l'impression d'être si différente des autres ; c'étaient les autres qui lui renvoyaient une différence. Elle n'avait pas sa place parmi eux. Elle n'était pas la bienvenue.

Ça avait toujours été le cas. Si elle touillait sa mémoire, des scènes dans les cours de récréation de maternelle et de primaire bondissaient à la surface, pareilles à des poissons volants aux ailes affûtées comme des lames. Classe verte. Une farandole d'élèves traversait la cour de l'école déserte qui les accueillait pour la semaine. Toute la classe de CP, main dans la main. Sauf elle, assise dans l'ombre d'un pylône de granit.

Lison se laissa glisser au sol, son sac à dos pressé contre le ventre. L'anniversaire d'une élève de sa classe de sixième lui revint.

Ce soir-là, Lison dansait avec des copines au milieu du salon, douloureusement consciente de son manque d'aisance, quand elle avait senti une attention désagréable posée sur elle. Margot et Laurine discutaient, assises sur le canapé. Discutaient de Lison, c'était évident – elle savait toujours lorsqu'on parlait d'elle, c'était comme des antennes invisibles, un radar infaillible. Elle les avait interrogées du regard. Margot s'était détournée, gênée, mais Laurine, sourire cruel aux lèvres, avait lancé :

– Tu as combien de pantalons ?

– Arrête… , avait aussitôt murmuré Margot.

Lison, déstabilisée, avait compris la question de travers : elle avait imaginé que Laurine la traitait de grosse en sous-entendant qu'elle portait forcément plusieurs pantalons superposés pour avoir des jambes aussi épaisses. Elle était mince pourtant, à la limite de la maigreur. Laurine étant bien plus ronde que Lison et, celle-ci ayant assimilé que la meilleure défense était l'attaque, elle avait répliqué d'un ton agressif :

– Et toi ?

– Bah moi j'en ai cinq, avait répondu l'autre avec morgue.

À cet instant, Lison avait compris son erreur. Laurine ne critiquait pas son physique : elle soulignait le fait qu'elle portait tout le temps le même pantalon. Pour ne pas perdre la face, Lison avait répliqué quelque chose comme :

– Bah super.

Et, mal à l'aise, elle ne leur avait plus adressé la parole de la soirée.

De fait, elle portait son pantalon préféré. Elle le mettait tout le temps. Parfois, elle le passait même à la machine le soir et l'étendait avant de se coucher pour pouvoir le remettre dès le lendemain. Il faut dire qu'il était parfait, ce pantalon. Gris anthracite, évasé aux chevilles, avec des poches à scratchs plaquées en bas des cuisses. Elle avait été si fière, quelques mois plus tôt, d'arriver enfin au collège avec un pantalon à la mode. Mais même ce pantalon parfait lui attirait les critiques de Laurine.

Est-ce qu'il y aurait toujours un problème avec son apparence ou son attitude ? Aujourd'hui, deux ans plus tard, Lison était tentée de répondre par l'affirmative.

Elle avait changé de collège entre la cinquième et la quatrième pour intégrer une classe en horaires aménagés lui permettant de faire davantage de musique. Elle avait quitté sans regrets un établissement où elle n'avait jamais trouvé sa place.

Mais en septembre, elle avait compris que ce ne serait pas plus facile ici. Les élèves de sa nouvelle classe étaient ensemble depuis deux ans et les groupes d'affinités s'étaient déjà formés.

Lison connaissait certains de ses nouveaux camarades – elle avait été en maternelle avec l'une d'elles, en primaire avec un autre, et avait croisé la plupart d'entre eux au conservatoire. Ils s'appelaient Victoire, Joseph, Daphné, Agathe, Cassandre, Augustin, Florine, Jean-Baptiste, Philippine. Ils étaient enfants de médecins, d'avocats, d'entrepreneurs, de musiciens ou de mères au foyer. Il y avait bien un ou deux enfants de profs, comme elle. Mais ils étaient l'exception. Ce monde d'excellents élèves privilégiés dans lequel elle entrait avait peu à voir avec le sien.

Dans ce nouveau bassin où il avait bien fallu se mettre à nager, Victoire avait été sa bouée de sauvetage. Malgré ses deux ans d'avance, elle ressemblait déjà à une lycéenne et restait à l'écart des autres. Le jour de la rentrée, elle avait pris Lison sous son aile. Celle-ci s'était laissé entraîner avec reconnaissance dans cette curieuse amitié, sans se rendre compte que Victoire n'avait pas jeté son dévolu sur elle par simple charité : elle était surtout très seule.

Alors, pendant quelques semaines, elles avaient été seules ensemble.

Mais Lison ne pouvait s'empêcher de lorgner un groupe de six filles soudées qui semblaient flotter à travers les couloirs avec grâce. Leurs cheveux formaient un arc-en-ciel saisissant, du blond-blanc au brun le plus noir, en passant par le roux poil-de-carotte, la crinière auburn brillante comme du bois poli et les fines mèches châtain clair. Cette curiosité, elles la lui rendaient bien. Elles lui faisaient les yeux doux, lui tendaient des sourires à travers la classe. Enfin, pas toutes. Adèle – la version blond-blanc – tirait tout le temps la gueule et lui jetait des regards soupçonneux, comme si elle était jalouse de l'attention de ses amies pour Lison. Cette dernière n'avait pas résisté longtemps à leur entreprise de séduction. D'autant qu'il y avait Roxane dans le groupe. Roxane, qui jouait du violoncelle, comme Lison. Roxane, tellement plus douée qu'elle. Roxane aux cheveux incandescents, Roxane au sourire comme un morceau de soleil. Roxane, qui avait été sa porte d'entrée.

Cependant, très vite, c'étaient les autres que Lison s'était mise à admirer plus que de raison. Juliette, Daphné… Ces filles populaires que les garçons draguaient sans être lourds, parce qu'en plus de les apprécier, ils les respectaient. Ces filles qu'elle rêvait d'être. Ces filles qui étaient à présent en train de la dégager de leur petit club.

Elle balaya une nouvelle fois la cour du regard.

Et maintenant, comment allait-elle rebondir? Retourner avec Victoire? Essayer de reconquérir les filles malgré tout?

Non. Elle ne leur laisserait plus le plaisir de la virer. Elle refusait de ressentir à nouveau le crachat du rejet, cet échec-là, une coulée de lave dans sa gorge. Lison partirait d'elle-même, aujourd'hui. Elle ne voulait plus que d'autres décident de son sort. Elle décidait. Un choix radical: ne plus faire partie d'aucun groupe. Ne plus essayer de s'intégrer. Ne plus chercher à être aimée. Ne plus aller vers personne. À présent, elle mangerait en vitesse au self, passerait ses pauses au CDI, à lire ou à s'avancer pour ses devoirs. Et ce serait tout.

Lison ignorait si elle pourrait tenir, évidemment... Sauf qu'à cet instant, ce choix lui apparaissait comme le seul possible. Ou le seul décent. Il en allait de son amour-propre autant que de la survie de cette lumière violente qu'elle sentait parfois exploser en elle à la vue d'un envol de goélands ou à l'écoute d'une vieille chanson.

Et puis, au fond, il y avait cette voix rugueuse qui lui soufflait qu'ils avaient raison. Qu'en effet, elle n'était pas comme eux.

Mais elle ne voulait pas être comme eux.

Elle voulait être elle-même.

Et pour être elle-même, pour oser être elle-même, pour se donner cet espace-là, il lui fallait créer ses propres règles du jeu. Du bout des yeux, Lison traça un cercle invisible autour d'elle. Il serait la nouvelle frontière de sa sociabilité collégienne.

Extrait de l'audition de Melle Roxane MARCHAND, par Cécile SIMONNET, capitaine de police en fonction à la Brigade de protection des mineurs de PARIS :

QUESTION : Que savez-vous des faits objet de la présente enquête ?

RÉPONSE : Je ne sais pas grand-chose. Je n'ai pas vu Lison depuis le jour où je l'ai croisée à Nantes, cinq minutes, il y a environ cinq mois. C'était fortuit. On était chacune avec des amis. Par la suite, on devait se revoir, mais j'habite au Mans et je n'ai pas pu me déplacer. Elle ne m'avait pas parlé de tout cela. Elle ne m'a pas appelée pour me prévenir, ce qui fait que je ne suis pas au courant.

QUESTION : Comment avez-vous été informée ?

RÉPONSE : Par vous, quand vous avez essayé de me contacter. Ensuite, ne pouvant vous recontacter, j'ai appelé Lison et là, elle m'a raconté ce qui lui était arrivé.

Roxane s'était toujours sentie à l'écart.

En primaire, sa passion intense pour la musique la séparait des autres. C'était sa vie, le violoncelle. Bon, peut-être pas sa vie tout entière, mais la part la plus indéboulonnable de son être. Ses parents auraient préféré le piano, l'instrument roi derrière le clavier duquel ils l'avaient collée dès la petite enfance. Malheureusement, Roxane était nulle en piano. Alors ses parents… ses parents pouvaient aller se faire foutre.

En classe musicale, elle s'était épanouie. Et, de fait, elle s'était aussi épanouie en dehors. Elle se faisait facilement des amis et plaisait aux garçons au moins autant qu'ils lui plaisaient. Roxane pensait à eux à peu près tout le temps. Avec voracité.

Elle voulait les bouffer.

Elle voulait qu'ils la plaquent contre un mur et que leurs langues fouillent sa bouche comme un animal.

Elle voulait qu'ils la chauffent tellement qu'elle sente le feu irradier dans son ventre et dans sa poitrine.

Elle voulait mordre leur peau, se noyer dans leur sueur.

Elle voulait un océan dans sa culotte et leurs mains comme des vagues.

Elle voulait en mourir.

Forcément, à côté de ses copines de quatrième musicale, vierges de bonne famille en pâmoison au moindre sourire d'un garçon imberbe, elle se sentait extraterrestre et ne leur laissait voir qu'une fraction de ce qu'elle était, de peur d'être jugée si elles apprenaient tout ce que Roxane avait déjà testé.

Leur passion commune pour la musique les rassemblait pourtant. Elles étaient semblables en cela, même si certaines étaient surtout dans cette classe pour imiter leurs aînés et faire plaisir à leurs parents.

Leurs parents. La pensée réveilla ce que Roxane tentait de repousser depuis trois jours, et même l'idée d'une main de garçon entre ses cuisses ne parvint pas à l'en distraire.

– Ça va ? lui demanda Florine, assise à côté d'elle.

Elle sourit. Acquiesça. Alors que non, ça n'allait pas.

Roxane tenta de se concentrer sur la voix du prof de français, en vain. Elle jeta un coup d'œil vers Lison qui notait le cours de l'autre côté de la travée. Celle-ci ne traînait plus avec leur groupe depuis deux semaines. Roxane n'avait pas compris pourquoi. Elle se doutait que ses amies avaient une part de responsabilité dans cet éloignement, mais ça avait été si soudain que Roxane peinait à retracer l'enchaînement des événements. À la fin du cours, Lison rassembla ses affaires et fila si vite que Roxane n'eut pas l'occasion de lui parler.

Dans la cour, après avoir déjeuné, Roxane chercha des yeux les longs cheveux dorés de Lison et son manteau noir. Elle était jolie, Lison. Quand elle était arrivée dans leur classe de quatrième à la rentrée, les garçons étaient à fond. Mais elle les avait envoyés balader les uns après les autres, avec une brutalité qu'elle n'avait pas l'air de mesurer. Elle avait quand même fini par sortir avec JB – le mec devait avoir deux neurones fonctionnels, à tout casser, mais il avait une famille riche, des mèches blondes en bataille et des lèvres épaisses qu'on avait envie d'aspirer. Leur relation avait duré dix jours.

Ne trouvant pas Lison dans la cour, Roxane inventa un prétexte pour s'éloigner de ses amies et monta au CDI. Lison était là, assise à une table sur laquelle reposaient un cahier ouvert, une trousse, et trois bandes dessinées empilées. Concentrée, visage baissé vers le cours qu'elle révisait, Lison n'avait pas encore aperçu Roxane. Il se dégageait d'elle une douceur étrange et, juste derrière, quelque chose de décidé, presque buté, qui l'intriguait. Roxane effaça les quelques mètres qui les séparaient et s'assit en face de Lison. Celle-ci releva la tête, l'interrogea du regard.

– Je peux te parler ? fit Roxane.

– OK.

C'était à peine un encouragement. Comme si la curiosité poussait Lison à entrouvrir sa porte mais qu'elle n'avait aucune intention de la laisser entrer.

– Je crois que mes parents vont se séparer. Ils me l'ont dit mardi. Enfin, ils ont dit que c'était compliqué entre eux. Ils parlent de divorce et tout. En fait, ma mère veut déménager du côté de Guingamp pour se rapprocher de mes grands-parents, et pas mon père. Moi, évidemment, je ne veux pas non plus. Guingamp, quoi ! Sérieux ! Alors ma mère réfléchit à déménager toute seule, et du coup… bam, divorce. Je me suis dit que tu comprendrais ce que je traverse et tout. T'es la seule de la classe à avoir des parents divorcés. J'ai réalisé ça ce matin. C'est ouf. C'est courant quand même, les divorces, et t'es la seule.

– Ouais. Notre classe n'est pas tout à fait… normale.

– Clair. Enfin, tu ne vas peut-être plus être la seule longtemps. Youpi.

Un bref sourire joua sur les lèvres de Lison.

– Désolée que tu vives ça, dit-elle.

– T'avais quel âge, toi, quand tes parents ont divorcé ?

– Neuf ans. Enfin, pour la séparation. Après, le divorce, ça a pris des années. C'était compliqué.

– Ah ouais… Font chier les parents avec leurs histoires de merde.

– Clair.

Sans trop savoir pourquoi, elles se mirent à rire et posèrent leurs joues sur la table, cachant leur hilarité dans leurs coudes pour ne pas récolter un regard sévère de la documentaliste.

– Il s'est passé quoi avec les filles ? demanda soudain Roxane.

Lison retrouva son sérieux. Méfiante, elle répondit par une autre question.

– Elles t'ont dit quoi ?

– Qu'elles ne savaient pas pourquoi tu étais partie mais que c'était pas plus mal. Ça m'a saoulée. Du coup, j'ai voulu savoir pourquoi « c'était pas plus mal », et elles ont juste haussé les épaules avec leurs petites têtes, là… Je déteste quand elles sont comme ça. Je leur ai dit que c'était nul. Je les adore, tu vois, mais ça ne se fait pas. Moi, je ne voulais pas que tu partes du groupe. Florine non plus, je crois. Tu viens au stage d'orchestre à Sarzeau ?

– Ouais.

– Cool.

– Toi aussi ? vérifia Lison.

– Ouais.

– Cool.

Elles se sourirent.

L'heure suivante, en cours d'histoire, Roxane se pencha vers Lison, lui demanda son agenda. Roxane choisit une page inutile pour écrire un long message où elle avoua combien ça lui avait fait du bien de lui parler. Elle replia soigneusement la page en triangle pour que personne ne puisse la lire, avant de rendre l'agenda à sa propriétaire, lui glissant le sien en même temps. Lison déplia le mot, le déchiffra. Elle envoya un grand sourire à Roxane, puis choisit à son tour une page dans l'agenda de celle-ci pour lui répondre.

Cette conversation ne s'arrêta plus. Dans chaque salle de classe, des feuilles volantes circulaient de l'une à l'autre. Elles s'y répondaient à l'infini, alternant les stylos fluo, pastel ou métallisés.

Elles s'inventèrent des surnoms – World pour Roxane, parce que « tu es mon monde entier », Zorro pour Lison qui faisait de l'équitation et s'enflammait à la moindre injustice. Bientôt, elles attribuèrent aussi des codes à d'autres personnes, afin qu'aucun indiscret ne puisse comprendre leur correspondance ni leurs discussions. Les parents de Roxane devinrent X et Y. Des élèves écopèrent d'acronymes au gré de leurs besoins et de leur fantaisie. Leur envie d'échange était si grand qu'un jour, elles décidèrent de s'écrire dans la soirée pour s'échanger leurs lettres le lendemain.

Aussitôt rentrée chez elle, Roxane s'enferma dans sa chambre, fuyant le silence acide de ses parents. Elle sortit une copie double, se demanda jusqu'où il était raisonnable d'aller. Pouvait-elle, pour une fois, vraiment tout dire de ce qu'elle était ? Lison n'était pas comme les autres filles de la classe. Elle ne la jugerait pas.

Fébrile, Roxane prit une grande inspiration et laissa son stylo-plume se répandre sur la page.

Coucou amie de moi !

Comment ça va, Zorro ? Moi je suis crevée, le sport m'a tuée.

Bon, apprête-toi à devenir ma confidente car si je te dis un truc tu sauras tout de ma vie ! (Peut-être pas quand même…)

Je crois qu'il faut que je te parle de XXL. Alors lui, c'est toute une histoire : ça commence par « il était une fois » mais ça ne finit pas par « ils se marièrent et eurent beaucoup d'enfants »… malheureusement !

Au départ, il y a eu un coup de foudre. C'était il y a deux ans. Je rentre dans sa bande, je deviens la confidente de son frère. C'étaient tous les deux des tombeurs de meufs. Lui : beau, blond, grand, allure surfeur, génial… Forcément, il y a eu des moments chauds. Bien sûr, XXL en rajoute un peu devant les copains, puis vient le « j'ai envie de faire l'amour avec toi ». Bon, moi, je dis non (6e = trop jeune). Quelques semaines plus tard, il me tape une grosse crise de jalousie : il est persuadé que je sors avec son frère. Il commence à m'ignorer un peu. Puis ils déménagent à cause de leurs parents (le père veut retourner avec la mère et elle n'est pas d'accord, alors ils se fuient).

J'ai continué à le retrouver en cachette. L'an dernier, j'ai pris le train, une fois, comme ça. J'ai dit que j'allais chez une copine, ma mère m'a déposée près de la gare et je suis allée à Rennes, où il vit. Là-bas tout était permis, comme personne ne me connaissait ! C'était, je pense, la meilleure après-midi de ma vie !

Parce que, le truc, c'est qu'à Saint-Malo, il avait parlé de moi, comme quoi j'étais sortie avec lui, son frère, son cousin (alors là, j'avoue, j'aurais pas dit non !). Il a même raconté qu'il avait demandé à son cousin de coucher avec moi pour ne plus que je sois vierge pour lui (et par la même occasion, XXL a balancé qu'il m'avait doigtée et que je lui avais roulé une capote… d'accord, c'est vrai, mais il a dit ça à toute sa classe quand même). Donc voilà, ici, j'ai une petite réputation de salope.

La dernière fois que je l'ai vu, en septembre, il m'a encore dit qu'il voulait coucher avec moi. Cette fois j'étais partante, mais on n'avait nulle part où aller (il avait acheté une capote exprès). Donc voilà, après, j'ai cassé.

Alors, le reste de ma vie… X est persuadée que je suis la pire fille sur terre, que je suis une pétasse, que je suis nulle en piano (ça je le sais depuis longtemps).

Pour les filles, sincèrement, je ne les comprends pas. Elles sont jalouses. Moi, je t'adore, et elles n'ont qu'à bien t'aimer aussi car sinon je me casse du groupe… En plus, je ne sais pas ce qu'elle a, Florine, en ce moment, mais elle ne dit plus rien. C'est une bonne copine à moi, donc j'aimerais comprendre, car si les filles lui ont fait quelque chose et qu'elle ne veut pas me le dire et que les filles la jettent (on dirait qu'elles essayent), je pars avec elle ! D'abord toi, ensuite Florine ? Je trouve ça vraiment abusé. Surtout que quand on leur demande pourquoi, elles n'ont aucune raison…

Au fait, tu diras à ton Bébé que je me souviens du début et de la fin de la fête. J'ai réfléchi au fait que je lui avais soi-disant léché le cou… Deux semaines avant la fête, ma cousine m'a appris les bisous-léchouilles. Je t'explique : c'est un truc où on a l'impression qu'on nous lèche, mais non ! Et c'est pas avec la langue, juste avec l'intérieur de la lèvre… Donc je pense que j'ai utilisé cette méthode révolutionnaire pour faire des bisous (si tu veux, je t'apprendrai).

Bon, pour une première petite lettre, c'est pas mal!

Bisous! Je t'adore!

P.-S.: c'est long, et encore, je n'ai pas parlé de F!

Lison entra discrètement dans la salle de violoncelle. Son professeur, géant aux cheveux gris ébouriffés, lui adressa un haussement de sourcils amical sans cesser d'écouter Roxane. Celle-ci interprétait un morceau que Lison ne connaissait pas et qu'elle aurait été bien incapable de jouer. Son archet tricotait des arpèges élégants qui montaient s'enrouler sous le plafond comme des lambeaux de brume.

Soudain, le rythme trébucha sous l'archet de Roxane.

– Ha! lâcha celle-ci, énervée contre elle-même.

Elle termina le morceau, s'essuya la main gauche sur son jean, attendit le verdict. Leur prof appuya ses fesses contre le rebord de la fenêtre.

– Il y a encore du boulot sur la fin, Rox.

– Je saaaaaais…

Il lui lança un regard insistant qui semblait dire «Eh ben si tu sais, fais-le.» Roxane répondit d'une grimace. Lison retint un éclat de rire.

– Tu me reprends ça pour la semaine prochaine, et… (il s'approcha du pupitre, tourna les pages d'une partition) cette étude. L'autre, tu peux l'arrêter, c'était bien.

L'élève suivant arriva. Roxane rangea son instrument dans sa coque de plastique et les filles s'échappèrent ensemble dehors.

Au fond du parc du conservatoire, sur une petite butte, se dressait un arbre dont les troncs multiples formaient en leur centre un berceau à l'abri des regards. C'était là que Roxane venait fumer en cachette et qu'elles échappaient à la surveillance des adultes.

– Trop chiant que j'aie oublié ma lettre, s'excusa une nouvelle fois Lison. Je te l'apporte demain, promis !

– Tu veux quand même la mienne ?

– Bah oui !

Roxane tira de son sac une copie double recouverte de son écriture extravagante, toute en courbes entortillées. Lison l'attrapa et commença à lire, dissimulant dans un sourire à quel point elle était impressionnée et flattée par les confidences sans filtre de son amie.

Roxane avait commencé à sortir avec cet XXL en sixième et, bien qu'ils n'aient pas couché ensemble, ils avaient clairement fait des trucs sexuels. Lison, ça lui semblait hyper tôt. Même aujourd'hui, en quatrième, elle n'était pas à l'aise quand il s'agissait d'embrasser un garçon. Alors davantage… Cette précocité de son amie, au lieu de choquer Lison, la fascinait. Parce que c'était Roxane. Parce qu'elle aimait déjà tellement Roxane qu'elle n'aurait pu émettre sur ses choix le moindre jugement négatif.

Lison buta sur un mot. Roxane avait visiblement hésité sur l'orthographe, ce qui le rendait difficile à déchiffrer, et lorsqu'elle y parvint, Lison ne fut pas certaine du sens à lui donner. Elle termina sa lecture, puis elle remonta au mot sur lequel elle avait bloqué. *XXL a balancé qu'il m'avait…*

– T'as marqué quoi, là ?

Roxane gloussa en se relisant.

– Doigtée ! Il m'a doigtée. Il m'a mis un doigt dans la… Tu vois, à l'intérieur !

Elles rirent ensemble. Mais en Lison, quelque chose se figea. Vacilla. Elle avait un mot, à présent. Un mot qu'elle ne connaissait pas quelques secondes plus tôt. Un mot qui changeait son ventre en plomb.

– Il y a un garçon qui… m'a fait ça aussi, avoua-t-elle. Sauf que… enfin, je ne voulais pas trop, tu vois.

– Ah ouais… nul… C'est qui ?

– Le fils d'un ami de ma mère, on va souvent chez eux à Paris, et parfois ils viennent en vacances ici. Je le connais depuis que je suis petite, et voilà, plusieurs fois il m'a… doigtée.

– Il a quel âge ?

– Je ne sais pas. Il est plus vieux que ma grande sœur. Genre, vingt ans.

Pour Lison, nommer cet acte lui dessinait des contours précis. C'était quelque chose que d'autres faisaient volontairement. C'était quelque chose que Roxane avait fait avec son ex. Ça avait un nom. Ça existait.

Roxane s'alluma une clope qu'elle crapota sans avaler la fumée.

– Mes parents m'ont dit hier qu'ils repoussaient le déménagement de quelques mois. Je ferai ma rentrée de troisième à Saint-Malo !

– Trop bien ! Si ça se trouve, ils vont repousser encore, et tu ne vas pas bouger avant le lycée ! Enfin, j'espère.

– Moi aussi.

– Ils vont se séparer, finalement ?

– Je sais pas. Papa parle de déménager aussi, maintenant, donc… pas forcément. Je n'arrive pas à suivre avec eux, ça change tout le temps. (Elle grimaça.) J'ai pas envie d'avoir un nouveau prof de violoncelle. Ça me saoule.

– Tu m'étonnes.

Lison consulta sa montre. Son bus passait dans dix minutes, et elle devait récupérer son instrument dans la salle avant de courir jusqu'à l'arrêt.

– Je décolle !

Elles se firent la bise.

– Oublie pas ta lettre ! cria Roxane tandis que Lison s'éloignait.

– Ouais !

Elle l'oublia à nouveau le lendemain matin. Mais pendant le cours de physique, elle écrivit à Roxane. Elle commença par un sujet léger – leur crush commun dans la classe. Puis elle reparla de ce qui se tortillait dans sa tête depuis leur discussion de la veille.

À chaque fois que je vais chez ces amis et que leur fils est là (tu sais, ceux dont je t'ai parlé hier, celui qui m'a fait ce que XXL t'a fait...), j'ai peur qu'il recommence. J'étais vachement jeune la première fois et après je pleurais pendant la nuit, et tous les soirs...

Lison leva son stylo, vérifia que la prof ne s'occupait pas d'elle. Elle termina son message en s'excusant à nouveau pour la lettre oubliée. *Peut-être as-tu une chance de l'avoir l'année prochaine ! Bon allez, à + mon petit roi.*

Elle plia la copie en huit et ajouta sur l'extérieur : *Pour Roxane only... Souvenirs pas cool.*

Lison avait menti. Elle ne se rappelait pas avoir pleuré, ni pendant la nuit, ni aucun soir. Mais il lui semblait que c'était ce qu'elle *aurait dû* faire.

Elle se retourna, déposa le mot dans la trousse de son amie qui l'ouvrit et le lut.

Roxane lui adressa une moue désolée. Puis, d'une grimace, elle la fit sourire.

Elles s'écriraient ainsi des dizaines de lettres et de mots en classe, que Lison rassemblerait dans une pochette bleue comme on glisse des trésors dans une boîte. Leurs agendas seraient parsemés d'autres épanchements secrets. Chaque fois, elles plieraient soigneusement en triangle les pages qui accueilleraient leurs confidences pour ne pas que d'autres yeux les récoltent.

Au milieu de leur année de troisième, Roxane déménagerait.

Les filles garderaient le contact pendant quelques mois. Puis elles se perdraient de vue, comme cela arrive à cet âge où l'on teste les *toujours* sans qu'ils puissent résister aux nouvelles rencontres ni aux courants contraires des amours.

Elles se perdraient de vue mais, parce qu'il y avait eu cette amitié, et parce que Roxane, sans le saisir vraiment, avait été le réceptacle de la confidence la plus importante de la vie de Lison, ce n'était pas encore la fin.

Extrait du rapport d'expertise psychologique de Lison LEPAGE par le docteur O. DAUVERGNE, expert près la cour d'appel de Paris.

Il nous a semblé intéressant d'essayer de voir ce qui avait amené Lison à prendre conscience du caractère interdit et déplacé des actes dont elle était victime. « Ben en fait, c'est quand j'en ai parlé très très brièvement à une amie qui était avec moi au collège », a-t-elle d'abord énoncé avant de nous exposer plus précisément : « Quelque part, je crois que je savais déjà que ce n'était pas normal, ce qui se passait, mais c'est quand j'en ai parlé à cette amie que là, d'un coup, j'ai réalisé qu'il fallait que ça s'arrête. Donc à partir de ce jour, je me suis toujours arrangée pour rester loin de lui, pour ne pas être seule avec lui dans la même pièce. »

Roxane consulta son téléphone portable. Elle avait un message vocal. Elle le lança et fit signe à ses copains de la fac d'avancer sans elle.

– Bonjour, mademoiselle, je suis Cécile Simonnet, capitaine de police à la brigade des mineurs de Paris, et j'aurais voulu…

Une flic ? Pourquoi une flic l'appelait ?

La panique monta en flèche, l'empêchant de comprendre la voix qui grésillait à son oreille. Est-ce qu'elle avait fait une connerie ? Pourquoi une flic l'appelait, putain ?

Roxane réécouta plusieurs fois le message sans comprendre de quoi il retournait. La femme mentionnait le nom de Lison. Roxane avait recroisé celle-ci par hasard dans les rues de Nantes quelques mois plus tôt et elles s'étaient échangé leurs numéros. Le cœur boxant sa poitrine, Roxane chercha dans son répertoire, lança l'appel. Lison décrocha au bout de trois sonneries.

– Allô ?

– C'est Roxane.

– Salut. Ça va ?

– Bah bof, là ! Il y a une flic qui m'a appelée. J'étais en cours, elle m'a laissé un message et apparemment ça te concerne. C'est quoi ce délire ?

À l'autre bout du fil, Lison prit une inspiration vive, comme un soupir à l'envers.

– J'ai porté plainte l'an dernier.

Roxane attrapa au vol quelques mots de Lison. Attouchements sexuels. Viols. Petite. Agresseur. Fils de.

– Mais c'est quoi le rapport avec moi ? la coupa-t-elle.

– Je t'en avais parlé. Tu ne te souviens pas ?

– Hein ? Quand ?

Lison lui rappela leurs lettres, et la fois où Roxane avait décrit ce qu'un de ses premiers copains lui avait fait. Embarrassée de se trouver à nouveau confrontée à leurs confidences de gamines, Roxane ne commenta pas. Sa frayeur reflua, laissant place à la colère.

– Putain, t'aurais pu me prévenir. J'étais en mode panique quand j'ai eu le message de la flic, je comprenais rien !

– Désolée. Mes parents m'ont demandé si j'en avais déjà parlé à quelqu'un et, bah, il y avait toi, alors je leur ai dit et ils ont donné ton nom aux policiers. Je ne savais pas qu'ils allaient t'appeler.

– OK. OK. Mais qu'est-ce qu'elle me veut, cette flic ?

– Je ne sais pas. Elle dit quoi dans le message ?

– Qu'elle va me recontacter. Je vais réécouter. Je dois rejoindre mes potes, là, ils m'attendent.

– D'accord. À bientôt.

Elles ne se reparleraient plus.

La capitaine Cécile Simmonet rappela Roxane le lendemain. Elle voulait la voir, l'interroger comme témoin. Roxane pouvait-elle se déplacer au commissariat de sa ville le vendredi suivant ?

Celle-ci renâcla. Elle prétendit qu'elle était en pleine période d'examens à la fac – vrai –, qu'elle avait un concert ce soir-là avec son groupe de musique de chambre – vrai –, qu'elle vivait à l'autre bout de la ville – vrai aussi –, et qu'elle ne pouvait donc pas, non, se déplacer ce vendredi. Ça, ce n'était pas tout à fait vrai. Elle aurait pu.

La flic proposa de venir recueillir son témoignage à la résidence étudiante où elle vivait. Coincée, Roxane accepta à contrecœur.

Extrait de l'audition de Mlle Roxane MARCHAND, par Cécile SIMONNET, capitaine de police en fonction à la Brigade de protection des mineurs de PARIS.

QUESTION : Lison vous racontait-elle ses vacances chez ces amis de ses parents ?

RÉPONSE : Tout ce que je me rappelle, c'est que parfois elle passait des vacances ou des week-ends chez quelqu'un qu'elle n'aimait pas.

QUESTION : Elle vous a dit pourquoi elle n'aimait pas cette personne ?

RÉPONSE : Je crois que le monsieur (le père de famille) avait des enfants et que Lison ne s'entendait pas avec l'un d'eux.

QUESTION : Lison ne vous a jamais dit textuellement pourquoi elle n'aimait pas cet enfant de la famille ?

RÉPONSE : Non. Mais quand je l'ai eue au téléphone dernièrement, elle m'a dit qu'elle ne m'avait pas tout raconté à l'époque.

QUESTION : Les parents de Lison ont déclaré que leur fille vous avait parlé des agressions sexuelles qu'elle subissait. Est-ce que vous confirmez ?

RÉPONSE : Je ne me rappelle pas que Lison ait évoqué des faits graves. Quand elle m'a parlé pour la première fois des faits concernants votre enquête, c'était à l'occasion d'un jeu. On avait treize ou quatorze ans. Ce jeu consistait à s'écrire ce qui nous passait par la tête et les moments qu'on vivait à l'époque. Elle m'avait parlé d'une famille chez qui elle n'aimait pas aller. C'était très vague. Je ne me rappelle pas la personne qu'elle mettait en cause. Pour moi, dans mon souvenir, il y avait quelqu'un que Lison devait voir régulièrement et qu'elle ne supportait pas.

Lison embrassa sa mère et la regarda s'éloigner en traînant sa valise dans le couloir étroit. Elle referma la porte de son appartement parisien, se servit un verre d'eau.

La veille, l'agresseur de Lison avait été condamné pour viol.

Elle avait été victime pendant des années de ce garçon devenu homme, et parce qu'elle avait été reconnue comme telle, elle ne l'était plus.

Lison attrapa l'étui de son violoncelle, fit

coulisser sa fermeture Éclair. Depuis qu'elle avait cessé de prendre des cours et ne se produisait plus en public, elle avait développé un rapport de plus en plus intime à son instrument. Il était son ventre. Un morceau d'elle-même, qu'elle délaissait parfois pendant des mois mais retrouvait toujours. Elle glissa le violoncelle dans son étreinte et se mit à jouer.

Elle n'avait pas encore conscience de la chance qu'elle avait eue d'obtenir justice. De la chance qu'elle avait eue que son agresseur ait d'emblée avoué lorsqu'il avait été interrogé par la police. Elle le comprendrait plus tard en confrontant son histoire à celles d'autres victimes de violences sexuelles. Il lui faudrait longtemps, aussi, pour saisir que c'était probablement ce que les autres enfants avaient senti en elle et qu'ils rejetaient instinctivement. Les stigmates du viol. Le décalage indicible qu'il imprime dans les corps et les comportements. Mais pour le moment, alors qu'elle déroulait une mélodie maladroite qui s'inventait sous ses doigts, Lison était juste soulagée que ce volet judiciaire soit terminé.

Durant le procès, lorsque la juge lui avait demandé ce qu'elle attendait de cette journée, elle avait évoqué son envie de tourner la page. Seulement, c'était une page qui ne se tourne jamais. On ajoutait juste quelques lignes en bas – quelques lignes, ou des romans entiers. On apprenait à vivre avec cette page, à la laisser s'exprimer dans des colères soudaines, à la bercer au creux de soi. Et, lorsqu'elle croirait en avoir enfin fini avec ce versant de son histoire, Lison s'apercevrait que non, pas encore, que non, toujours pas, que non. Et que ce n'était pas grave.

Son archet s'écrasa sur la corde de do, puis tressauta, de plus en plus fort, de plus en plus vite.

Lison décida que la première chose qu'elle achèterait grâce aux dommages et intérêts du procès serait une boîte digne de ce nom pour son instrument. Une carapace légère et solide pour le protéger du monde extérieur. Un étui semblable à celui que possédait Roxane à l'époque où, dans l'écrin d'un arbre du conservatoire de Saint-Malo, elle lui avait offert un mot aussi trivial qu'essentiel.

Lison joua longtemps. Elle jouait encore lorsque, de l'autre côté de la fenêtre, le jour tira sa révérence sur les toits de Paris éclaboussés de lumière rousse. Sous l'un de ces toits, dans une chapelle à l'acoustique magique, un concert commençait. Roxane essuyait ses mains moites sur le tissu de sa jupe. Elle leva les yeux, sourit à la pianiste. Son regard se perdit sur les premiers rangs de spectateurs avant de revenir à ses partenaires. C'était son tour dans deux mesures. Une mesure. Une pulsation. Maintenant.

Serré entre ses jambes, le violoncelle vibra. Un frisson remonta le dos de Roxane. Dans cette chapelle, son instrument sonnait comme le chant d'une baleine. Elle s'imagina au fond de l'eau et, dans les profondeurs, un écho ondula. Une mélodie qui n'était ni la sienne, ni celle de la pianiste, ni celle du violoniste avec qui elle partageait la scène. Une mélodie fantôme qui la frôla avant de s'évaporer.

Roxane rouvrit les yeux, sourit. Ils étaient bons aujourd'hui, songea-t-elle. Connectés.

Oui, ce soir, tout était à sa place.

LES CHAMPS

Orianne Charpentier

Je cours tout en râlant. Mon sac tressaute sur mon dos, encore cent mètres dans ce froid. J'éructe des injures, heureusement personne ne les entend, et la buée s'échappe de ma bouche en petits nuages ternes.

Comme chaque matin, je suis en retard et le car m'attend, à peine je grimpe dedans que les portes se referment sur moi avec un soupir.

Je hoche la tête pour saluer les autres, que je connais pour la plupart depuis le collège. Certains me jettent un œil désapprobateur, mais qu'est-ce que j'y peux ? Se lever à six heures n'est pas une vie.

Tous les jours, ce car de ramassage scolaire m'amène de mon petit village dans la campagne jusqu'à la grosse bourgade où se trouve mon lycée, à vingt-trois kilomètres de ma maison. Quarante minutes de route qui semblent interminables, par une départementale toute droite, ponctuée de ronds-points paresseux, qui court au milieu des champs.

Durant ce trajet, je suis d'une humeur de chien, à moitié ensommeillé, seul sur ma banquette, le nez collé à la vitre. La plupart du temps, je rumine mes regrets.

Je suis en seconde, mes amis me manquent. L'an dernier, nous formions une petite bande assez soudée. Mais Sarah, que j'aime comme ma sœur, a choisi de partir dans un lycée agricole pour reprendre un jour la ferme de ses parents. Raphaël, le pilier de notre groupe, a déménagé avec sa famille dans le Nord, où son père a enfin retrouvé un travail. Quant à Méthilde, mon ex, elle est en pension dans un bahut privé.

J'ai entendu dire qu'elle m'a vite remplacé. Ça m'a mordu le cœur, j'avoue, même si c'est moi qui ai rompu cet été. C'est idiot d'ailleurs, quand j'y pense, cette hâte que j'ai eue à prononcer les mots qui tranchent, les mots de l'abandon, avant qu'elle ne les dise elle-même.

J'ai peut-être toujours su qu'elle les supporterait mieux que moi.

Parfois, je me demande si elle se souvient de ce qui nous a liés. De cette joie que nous éprouvions l'un près de l'autre, comme si nous nous étions sauvés d'un immense danger. Ou, plutôt, comme si nous nous étions guéris mutuellement d'un mal pire que la mort – le sentiment de ne pas être aimable.

C'est à peu près, je crois, la seule chose que nous avions vraiment en commun, elle et moi, ce froid perpétuel du doute de soi. Sûrement pas suffisant pour construire un de ces refuges temporaires qu'on appelle le grand amour. Mais ses yeux m'ont au moins tenu chaud durant quelques mois.

Bref, Méthilde aussi me manque.

Déjà décembre. Le car chemine entre les collines sombres. Ici, l'hiver, des nappes de brouillard flottent comme des linceuls. On croirait le décor d'un de ces films de vampires dans un pays maudit. Pas étonnant que je déprime.

Je bâille, et je jette un coup d'œil autour de moi.

Léopoldine est à sa place, toujours la même, au troisième rang du car. Elle me sourit furtivement tandis que mon regard passe sur elle. C'est la seule rescapée de la bande. Pourtant, nous nous parlons à peine. Que pourrions-nous dire d'ailleurs ? Ceux qui nous rassemblaient ne sont plus là.

Léopoldine s'habille toujours en noir depuis la rentrée. Elle maquille ses yeux d'un trait d'eye-liner qui la rend énigmatique, et dont on ne sait pas s'il vise à attirer ou à mettre à distance. Je me demande ce que Raphaël penserait de son nouveau look s'il la voyait.

Elle espère le retrouver à Lille pendant les vacances, juste après Noël. Elle dit qu'ils passeront ensemble le réveillon du Nouvel An. Apparemment, leurs sentiments ont survécu à quatre mois d'absence. Tant mieux pour elle.

Même si je suis un peu jaloux, en vrai – je n'ai aucune idée de la façon dont je vais fêter ce 31 décembre et, moi aussi, j'aurais aimé revoir Raphaël. Mais je n'ai pas l'argent pour aller à Lille. Et quand bien même je l'aurais, je ne peux pas m'empêcher d'imaginer des retrouvailles ratées, des conversations vides, une déception sans remède.

Ma mère est couturière, je sais tout le savoir-faire et la patience qu'il faut pour recoudre ensemble des tissus déchirés. Je n'ai pas ce talent-là.

Je crois que les amitiés, comme les histoires d'amour, ne se raccommodent pas.

Des gens y arrivent peut-être. Moi, je n'essaie même pas.

Je ne sais pas si c'est une question de courage ou de confiance.

Un jour, Méthilde m'a dit que c'était ça, mon problème. Que je manquais de foi. Et que ça me faisait passer à côté de tout ce qui est beau dans la vie, parce que sans espérance, il n'y a pas de victoire.

J'ai mis du temps à comprendre ce qu'elle entendait par là. J'ai fini par réaliser qu'elle avait deviné en moi cette chose que je cache, cette faiblesse qui me hante. Qu'au fond, je suis un lâche.

Pas un de ces gros lâches qui harcèlent sur les réseaux sociaux, qui frappent en bande un adversaire déjà à terre, ou qui profitent de leur force pour toutes sortes d'abus.

Non, moi je suis un lâche au petit pied. Je ne fais pas le mal, je ne fais pas le bien non plus. Je ne jette pas la pierre, mais je ne sauve personne de la lapidation.

Je fais profil bas, je détourne les yeux, j'évite les ennuis. Je vis ma vie en sous-régime, tranquille ou tout comme. Je suis sans éclat, je n'en fais pas non plus.

Mon existence ressemble à une chambre aux fenêtres closes, une grotte où l'on se cache, à des années-lumière de l'audace qu'ont parfois les gens de mon âge, avec leur appétit de révolte et leur certitude du vrai. Ce goût du risque que certains possèdent, je crache dessus mais je l'envie.

Avant, j'étais persuadé de tenir ça de ma famille, de mes parents, ou des parents de leurs parents, parce que j'avais l'impression que leur nature était de courber l'échine. Mais mon père est tombé malade, le genre de maladie qu'on a peur de nommer.

Depuis, je le vois se battre comme un lion, et

je sais : question bravoure, même le plus affûté des samouraïs ne lui arrive pas à la cheville.

Mon père parle peu. Il n'y a pas si longtemps, il ne parlait même pas du tout. Je pensais que c'était parce qu'il n'avait rien à dire. J'ai découvert qu'il attendait juste que je l'écoute.

Désormais, je recueille chaque parole qu'il prononce comme un assoiffé traque la rosée dans un désert. Il est devenu ma seule horloge, mon urgence dans le présent.

Penser à l'avenir m'a toujours rendu amer, un peu comme une remontée acide, un truc mal digéré. Mais depuis lui, c'est pire, ça me fait plus que peur : ça me fait mal. Je me sens rétréci et sans recours. Je vois ma vie comme un labyrinthe, je ne fais que longer des murs, sans trouver un horizon, même une petite issue que je pourrais appeler voie.

Ces ressources que je n'ai pas, lui semble en déborder. Une force émane de lui, une puissance que je n'avais jamais vue, et qui me questionne : l'a-t-il toujours possédée, en la cachant sous un masque d'insignifiance ? Ou est-elle apparue soudain dans l'épreuve, pour le transformer totalement et faire de lui ce géant lumineux ?

Est-ce ainsi que les choses se passent ? Est-ce que le courage survient selon les circonstances ?

Ou est-ce qu'il se révèle chez certains, et les élève – tandis que d'autres se vautrent ?

Je pense souvent aux gens pris dans l'étau des dictatures. Je cherche ce qui rend certains d'entre eux héroïques – ceux et celles qui portent le fardeau de la dissidence, qui acceptent de risquer la torture ou les camps de travail.

Je n'ai pas besoin de chercher bien loin. Ma grande sœur Élisabeth, le génie de la famille, veut se spécialiser dans la défense des droits de l'homme. Elle a couvert les murs de sa chambre de visages d'opposants, des hommes et des femmes de plein de pays différents.

Ils ont, pour la plupart, des yeux immenses, amaigris qu'ils sont par une grève de la faim, une tentative d'empoisonnement ou plusieurs années à l'isolement dans une geôle.

Ma sœur collectionne aussi les photos des victimes de génocide – un survivant tutsi amputé, une fratrie d'enfants juifs peu avant leur capture et leur déportation, une jeune fille cambodgienne figée sur pellicule juste avant son assassinat par les Khmers rouges au centre de torture S21.

Les regarder tous me donne des frissons. Mais la jeune fille cambodgienne, c'est encore autre chose. Sa beauté me happe. Elle fixe l'objectif, elle sait qu'elle va mourir. Dans ses yeux, je ne lis pas de peur. Peut-être en a-t-elle éprouvé, mais à l'instant du déclic, dans cette pièce nue où la photo a été prise, une sorte de défi émane d'elle, un reste de résistance. Par une drôle d'ironie, la minutie bureaucratique des bourreaux qui l'ont tuée a préservé pour toujours cette liberté qu'ils ont voulu détruire. Une liberté qui m'interpelle, moi, presque cinquante ans après.

D'autres portraits, plus récents, affichent des sourires, vestiges d'une vie d'avant, au-dessous desquels ma sœur a marqué en rouge la date de leur disparition. À chaque fois, des images me viennent, de ce qu'on leur a fait, de ce qu'on va leur faire, de ce qu'on leur fait peut-être, en ce moment même, dans des cellules obscures. Ça me mine.

D'autant que je sens que, moi, ce courage-là, je n'en serais pas capable. Je n'arrive déjà pas à prendre la défense du petit gars obèse dont on se moque, ou de la fille seule qu'un homme saoul harcèle dans la rue.

Oui, même ces actions élémentaires m'ont toujours semblé hors de portée. Je me contente de passer mon chemin, le cœur brûlé de honte, et cette honte me met dans une telle rage que si j'avais un lance-flammes, je serais tenté de m'en servir.

Je ne sais pas ce que je crains. Je n'ai pas peur de prendre un coup. Enfin, si, un peu quand même (la dernière fois que je me suis battu, j'avais dix ans). Mais ce n'est pas le pire.

Ce qui me terrifie, c'est le sentiment de ma nullité. J'ai toujours été petit pour mon âge, et je ne suis pas bien gros non plus. J'imagine ma tentative pathétique, moi le chevalier déplumé, cinquante kilos tout mouillé, rien dans les poings, défiant une brute. Et la brute, en retour, qui me ratatinerait, devant tout le monde.

Avoir le nez cassé, je m'en remettrais sûrement ; mais être à ce point ridicule, je ne sais pas. Être ainsi exposé, au centre des regards, à la croisée des rires… j'ai l'impression que la terre m'engloutirait.

Je suis typiquement le genre de gars qui aurait un couteau dans la poche, s'il s'écoutait. Pour l'illusion de puissance. Pour jouer avec la possibilité d'avoir le dessus. Et puis, un jour, se retrouver avec du sang sur la lame juste parce qu'il avait la trouille.

Peut-être que tout irait mieux si j'assumais d'être lâche. Si je ne m'en faisais pas le reproche. Mais chaque écran me ramène à cette vérité : il y a tellement de courage partout.

Tellement de voix qui osent parler, qui témoignent, qui arrachent au silence la possibilité d'une vie meilleure, qui luttent pour faire bouger les lignes.

La vie réclame ce courage immense, c'est un tribut sans fin, des millions de gens acceptent de bouleverser leur existence pour verser leur part dans ce gigantesque tonneau troué qu'est le monde.

Mais pas moi.

Même l'idée de me produire sur une scène m'anéantit. J'écris du slam dans mon coin, que je ne prononce jamais à voix haute. Je cache mes vers comme les vers se terrent.

Et cela aussi, je me le reproche.

Alors je rumine les poèmes que je ne dirai pas, et je maudis la rumeur qu'on entend partout, cet enfer pour les timorés de mon espèce – cette invitation à oser qui me pourrit la vie.

C'est pile à ce moment que Léopoldine choisit de quitter sa banquette pour s'asseoir à côté de moi. Je dois avoir une tête de tueur parce qu'elle lève aussitôt ses petites mains en signe d'apaisement.

– Je ne te dérange pas longtemps... Je voulais juste te demander quelque chose.

Je soupire tout en jetant un coup d'œil par la vitre. Toujours la route, les champs, les fantômes de brume, et par-ci par-là, des arbres isolés qui tordent leurs branches.

– Ça va?

– Oui, pourquoi ?

– Parce que… Enfin… depuis la rentrée, tu traînes tout seul, tu as l'air triste…

– Ben non, tu vois, tout va bien, comme toi je nage dans le bonheur.

– Jérémy, s'il te plaît… Je m'inquiète. Tu ne parles à personne, en trois mois tu ne t'es fait aucun ami…

– Alors là, c'est la meilleure ! Et toi, tu t'en es fait peut-être ? En plus, de quoi tu… Je veux dire, pourquoi tu t'occupes… Enfin, qu'est-ce que t'en as à foutre de qui je fréquente ou pas ? Est-ce ma faute à moi si les gars du lycée sont des petits cons prétentieux qui se croient supérieurs parce qu'ils habitent en ville ? Je le vois bien, comment ils nous toisent, on est des bouseux pour eux…

Comme j'élève la voix, des têtes se tournent vers nous. Léopoldine ouvre la bouche comme un poisson hors de l'eau, une ou deux fois, avant d'articuler :

– Voyons, Jérémy, c'est n'importe quoi. D'ailleurs, même moi, tu me fuis… J'ai fait quelque chose de mal ? On dirait que tu m'en veux.

Ses yeux larmoient, j'ai l'impression de m'engluer. S'il y a une chose que je déteste, c'est bien de voir une fille pleurer. Je baisse d'un ton.

– Absolument pas. C'est juste que… Qu'est-ce que tu veux que je te dise ? On était tous amis, nos routes se sont séparées, et puis voilà, fin de l'histoire. Pas de quoi en faire un drame.

Je ne la regarde pas mais je devine, au silence compact qui émane d'elle, l'expression qu'elle doit avoir.

Je l'ai blessée, évidemment. Mais elle me blesse aussi, avec sa gentillesse inutile.

Le car roule encore plus doucement maintenant, parce qu'il vient d'entrer dans le petit bourg qui jouxte la ville où se trouve le lycée. Encore deux ronds-points, une côte à descendre et cinq feux rouges, et bientôt le gros véhicule pourra se garer sur le parking de la gare, à deux cents mètres du bahut, où il nous déversera, tous autant que nous sommes, grosse cohue sombre et sonore d'adolescents mal réveillés en parkas et bonnets.

C'est là qu'elle me demande :

– Tu écris toujours ?

Mon ventre se tord.

– Sarah m'a fait lire tes poèmes.

J'ai l'impression de glisser dans un fossé. Comment Sarah a-t-elle pu ?

– C'est très beau, tu sais. Il faut que tu les montres.

Je n'entends pas le « c'est beau », seulement le « il faut ». Je ressens une rage inconnue, une peine aussi, comme si on m'avait volé quelque chose. Personne n'imagine la violence d'être ainsi dévoilé.

À ce moment-là, je pourrais tout casser. Mais elle

ajoute, avec une précipitation qui la fait presque bégayer :

– Bien sûr, c'est difficile, tu dois détester l'idée. Mais tu le feras, n'est-ce pas ? Un jour, quand tu seras prêt… Bientôt, j'espère. Après tout, sans compter Raphaël, tu es le type le plus courageux que j'aie jamais rencontré.

Dans cette foule de mots, les derniers me percutent. Moi, courageux ?

Est-ce de l'ironie ? Mais non, elle n'a pas l'air de se moquer – d'ailleurs, ce n'est pas trop son truc, d'habitude, la raillerie gratuite.

Moi, courageux ? Alors qu'hier me hante et que demain me donne la chair de poule ?

Moi, courageux ! Un gars qui a peur de son ombre et qui pisse dans son froc à l'idée d'être lui-même ?

Moi, courageux… J'ai beau chercher, je ne trouve pas dans toute ma vie une seule action qui pourrait, venant d'elle, ou de qui que ce soit, me valoir cette épithète.

Je la scrute, mes yeux comme un scalpel ; je voudrais lire dans ses pensées, je voudrais disséquer son âme. Et comprendre pourquoi elle vient de formuler un mensonge si grossier.

Elle, pourtant, soutient mon regard.

– Sur quoi tu bloques, exactement ? demande-t-elle. Sur le fait de montrer tes poèmes ? Mais c'est trop tard, tu l'as déjà fait ! Tu as osé une fois, et c'était le plus dur ! Et même, tu veux que je te dise ? Le plus énorme, c'était bien avant ça : quand tu as pris un papier et un crayon, et que tu as écrit…

Une grosse voix nous interrompt :

– Hé, les tourtereaux, vous descendez ? Parce que j'ai pas toute la journée, moi.

Le car est vide à présent. Je me sens un peu sonné. Derrière les vitres blanches de buée, la ville semble avoir disparu.

Lentement, nous nous extirpons de ce véhicule-aquarium, et le froid coupant du monde nous gifle en sortant.

– Quant au courage, pitié, Jérémy ! Comme si le courage n'avait qu'un seul visage !

Léopoldine, qui parlait à mi-voix jusqu'ici, se met presque à crier. Elle m'attrape par la manche et me fixe de ses grands yeux écarquillés, où luit une lueur un peu folle, mais si fervente qu'elle me remue.

– Le courage, c'est aussi ce petit vieux qui vient de nous croiser, tu as vu ? Il portait une cravate et des chaussettes assorties – tu imagines, à l'âge qu'il a, tout cabossé qu'il est, s'obliger à porter une cravate à sept heures du matin et à enfiler des chaussettes du même bordeaux ?

Je secoue la tête, je ne comprends rien. Les autres élèves sont déjà loin, ils marchent un peu courbés, leur capuche rabattue contre le vent. J'essaie de me dégager doucement, je voudrais m'extraire de cette bulle où elle nous tient, cet espace-temps bizarre où chaque seconde pèse. J'ai l'impression que si j'y reste, je pourrais me briser.

Mais elle ne me lâche pas, ses mains s'agrippent à moi, elle dit :

– Mais ce n'est pas à toi, n'est-ce-pas, que je dois expliquer ce que c'est que le courage : comme si tu ne savais pas combien tu nous as tous portés, quand ton père est tombé malade !

Je la regarde. J'ai l'impression qu'elle s'adresse à un autre que moi. De quoi parle-t-elle ?

– Oui, toi, ton silence, ta force, cette façon que tu as eue de faire front... et nous, tu te souviens, nous, la petite bande – on était tous plus ou moins abîmés à ce moment de nos vies, pour des raisons différentes, hein, mais quand même... Cette année-là, tu as changé, tu as grandi, je veux dire... enfin, oui, quoi, la grandeur, on s'en fout, ça n'a rien à voir avec la taille, et nous, on a suivi ton sillage, on s'est élevés un peu, on s'est débarrassés d'un poids. On a eu de l'espoir, en fait...

Sa voix se met à trembler.

– Parfois je me dis qu'on était un peu comme des oiseaux faiblards, qu'on a appris à voler en t'observant. Depuis, la plupart ont quitté le nid, et j'ai peur que tu croies qu'on t'a laissé tomber. On a tous tracé notre route, on n'en a jamais reparlé, mais qu'est-ce qu'on aurait pu dire, puisqu'on ne le savait pas nous-mêmes…?

Soudain je la vois, je vois l'oiseau en elle, une mésange qui grelotte dans la bise froide dans l'espoir d'un envol. L'idée me vient qu'elle se tient peut-être là, à mes côtés, juste pour m'annoncer que moi aussi, j'ai des ailes.

Comme je reste muet, elle poursuit :

– Il y a une chose que ton père t'a dite, il y a un ou deux ans, et que tu nous as répétée. Je ne sais plus quels étaient les mots exacts mais, en gros, il a parlé des champs juste après les semailles : on croit qu'ils sont vides, et en fait ils sont pleins, il y a une promesse en eux, celle de la moisson qui vient. Je n'en ai pas eu conscience sur le moment, mais moi, cette phrase m'a aidée et soutenue, et elle m'aide et me soutient encore. Souvent je me sens vide, je me demande ce que je vais faire plus tard, j'ai peur que Raphaël m'oublie et que ma vie soit plate et triste comme les champs à la Toussaint. Alors je me souviens qu'il y a quelque chose en moi qui attend de germer, quelque chose de beau et de fort, et que je dois juste veiller à ce que mes doutes ne l'étouffent pas, et un jour…

Elle n'achève pas sa phrase.

Mais je comprends: peut-être que le courage, ça vient de là, de cette conviction qu'il y aura une récolte et qui vous donne la patience de tenir durant les heures noires.

Je revois la jeune Cambodgienne, et tous les autres visages sur les murs de la chambre de ma sœur. Je me demande quelle moisson ils espéraient, s'ils en espéraient une. Soudain, j'ai le sentiment que c'est peut-être Élisabeth, leur victoire à venir, avec sa rage de justice et ses grandes études pour instruire les crimes contre l'humanité.

Le vent redouble, je le sens à peine. Je pense à Méthilde, à ses mots qui m'ont fait mal – cette histoire de confiance que je n'avais pas et qui changeait tout.

Qu'avait-elle dit, en vrai? Je n'étais plus très sûr. Sa phrase-bombe avait explosé en moi pour ne laisser qu'un trou et du silence. Il y a cinq minutes, j'en saignais encore.

C'était comme une malédiction, comme un marquage au fer rouge. Quelque chose qui me collait à la peau et dont j'avais l'impression qu'il me définirait toute ma vie (c'est bizarre, ces paroles que les humains prononcent. Elles vous plombent ou vous soulèvent, vous restaurent ou vous anéantissent. Et même quand leur souvenir s'efface, elles laissent toujours en vous les traces de leur souffle. Il n'y a pas de loi pour ça).

Ces mots, les mots de Méthilde, n'étaient pourtant peut-être pas si différents de ceux de Léopoldine. Eux aussi parlaient de confiance et d'espoir. Je me rends compte soudain qu'elle avait raison, mais pas comme je l'avais cru.

Pas le constat d'un manque.

Pas un sceau d'infamie.

Juste un avertissement, un regret, presque une prière, en tout cas le rappel d'une chose que j'étais en train d'oublier, ou que je n'avais jamais sue.

Ma propre force.

DÉSOBÉIR

Marion Muller-Colard

Le jour où j'ai osé, vous aviez tous à peu près dix-sept ans, c'était la seule chose que je savais de vous, et votre jeunesse me faisait l'effet d'un retour vers le futur. Vous aviez devant vous un temps que j'avais derrière moi.

Moi, j'avais quarante-trois ans, ni jeune ni vieille. Si la quarantaine doit être une crise, alors elle était déjà passée. Si j'ai osé, ce n'est pas par crise, du moins je ne crois pas. Ou alors par une crise permanente que je ne saurais plus distinguer de mon existence même. Disons que ma propre naissance m'a jetée dans une sorte de stupeur dont je ne suis pas tout à fait remise. C'est d'ailleurs, bizarrement, la raison pour laquelle j'ai osé. Parce que rien n'est plus osé que de naître, tout simplement, et ceci étant fait, on peut se permettre pas mal de choses. Et aussi parce que je trouve étonnant que quelque chose soit plutôt que rien. C'est d'ailleurs une des premières questions que je vous ai posées : qui parmi vous s'est déjà demandé « Pourquoi y a-t-il quelque chose plutôt que rien ? ». La moitié d'entre vous a levé la main, et j'ai demandé à l'autre moitié si la question méritait quand même de se poser. Chorégraphie de grimaces sous les masques : je vous arrachais au forceps à toute forme d'évidence – ça fait un peu mal au début, j'en conviens.

On n'avait pas perdu beaucoup de temps en présentations, je ne connaissais toujours pas vos prénoms ni vous le mien, et on se demandait ensemble ce qu'on foutait là, en somme, dans cette vie qui aurait pu ne pas être (la vie a-t-elle un sens ?), chacun dans son corps plutôt que dans celui d'un autre (suis-je seul à être qui je suis ?), et pourtant ensemble (autrui est-il nécessaire à mon bonheur ?). À ce moment-là de notre rencontre, l'une d'entre vous a lâché un « ah ouais » qui disait en deux mots qu'elle venait de faire dans sa tête un voyage qu'elle n'avait jamais fait, et je me suis dit : *On va bien s'entendre, vous et moi*. Je me suis dit que j'adorais l'idée d'un métier qui attendait de moi que je fasse exactement ce que j'avais fait en premier dans la vie : m'étonner. Et vous apprendre à en faire autant.

Mais ce que je voulais vous raconter, c'est ce qui s'est passé avant le jour où j'ai osé me présenter devant vous, prendre une craie et écrire mon nom sur le tableau noir, alors que ce crissement de la craie me renvoyait instantanément à vos âges, qu'il annulait pour ainsi dire toutes les années qui me séparaient de moi lycéenne, et que c'était ni plus ni moins qu'une anomalie de me tenir devant vous en tant que prof. Parce que la vie durant, « prof », c'est le trombinoscope mental de tous les profs qu'on a eus, et ça ne peut pas être soi-même. Ce sont ces « personnes » qu'on hallucine de croiser au supermarché, comme si c'était un scoop dément qu'un prof fasse des courses. Et donc « devenir prof », c'est en quelque sorte enfreindre les lois de la réalité, ça crée une zone de turbulences dans l'imaginaire et la perception de soi, ça fait de la friture sur la ligne du temps.

Le jour où j'ai osé me présenter devant vous j'étais donc en crise, comme d'habitude, c'était même mon sujet officiel du moment, le thème du dernier livre que j'avais écrit : la crise d'adolescence. Mais ce qui me terrorisait à ce moment-là, c'était de louper mon rendez-vous avec vous. Est-ce que vous mesuriez bien cela ? Il faut oser franchir ce pas, le seuil de la salle de classe.

En tant que prof, je veux dire. Parce qu'il ne vous aura pas échappé que vous êtes numériquement en position de force. Non que je m'attende à ce que vous vous leviez tous subitement pour faire cercle autour de moi et me réduire en poudre sauvagement (qu'est-ce qui pose des limites à notre liberté ?). Mais la dissymétrie entre vous et moi vous rend beaucoup moins visibles, individuellement. Vous pouvez vous planquer dans votre nombre, moi pas. Vous pouvez regarder par la fenêtre en rêvassant, moi pas. Vous pouvez vous sortir d'un moment d'embarras en vous reconnectant à un pair par quelques messes basses ou un regard, moi pas. Je ne vous dis pas cela pour me plaindre, mais pour que vous preniez la mesure que lorsque quelqu'un se tient seul devant vous, il ose quelque chose. Se tenir devant vous rend fragile, quelque chose tremble à l'intérieur de cette enveloppe de prof qui vous semble tout droit descendue des faux plafonds du lycée, comme si la salle de classe était le scaphandre du professeur. Et c'est sans doute par terreur que j'ai fait cette réponse stupide à mon fils qui me demandait si je comptais vous dire que vous étiez mes premiers élèves, que c'était ma première rentrée de prof :

– On ne descend pas nager parmi les requins avec une blessure à la jambe.

Réponse stupide parce que vous n'êtes pas des requins, et que débuter n'est ni une blessure ni un handicap (le bonheur consiste-t-il à ne prendre jamais aucun risque ?).

Pour me préparer, c'était mon fils l'expert : il avait plus d'expérience, et une expertise assez impressionnante qui me laissait entrevoir tout un pan de sa vie que je connaissais mal, sa vie de lycéen. Celle qui l'occupe au moins autant que manger et dormir, et beaucoup plus que parler avec ses parents. Dans quelques jours, j'allais devoir me tenir devant vous pour la première fois – la première impression est dé-ter-mi-nante, Marion (je crois que c'est à ce moment-là que mon fils a commencé à m'appeler par mon prénom). Il vous connaissait bien sans vous connaître du tout : vous étiez ses pairs. Il vous supposait le même œil aiguisé que le sien pour cette première impression que peut donner un prof, un prof dont, de surcroît, vous n'aviez jamais entendu parler. Le jour où j'ai osé entrer dans cette salle de classe et écrire à la craie sur le tableau noir « Marion Muller-Colard, professeure de philosophie », vous ne saviez rien de moi car je faisais devant vous ma première apparition de prof.

– Essaye de t'habiller ni jeune ni vieille.

J'ai fait un défilé de vêtements, un peu pour me

rassurer, beaucoup pour amuser mon fils (beaucoup pour me rassurer, un peu pour amuser mon fils ?).

– On n'aime pas les profs qui ont l'air vraiment trop vieux, mais on n'aime pas non plus les profs qui se la jouent jeunes, tu vois ?

Je vois. Arrêtons-nous un instant sur cette remarque, voulez-vous ? Car de prime abord, elle a l'air superficielle, mais elle ouvre un chemin direct vers le noyau magmatique de la pédagogie : de là tout peut jaillir ou tout peut exploser. Pourquoi ? Parce qu'il s'agit de se rendre proche tout en restant à sa place. Il s'agit de convoquer sans cesse à son bureau la lycéenne de dix-sept ans que j'ai été, de la laisser faire la médiatrice (tu le vois qu'ils s'ennuient ferme, là ? Moi aussi, je m'ennuie ferme... Souviens-toi la douleur de l'ennui, ça fait mal. Je veux dire : physiquement, ça fait mal. On a envie de faire une sortie de corps, de laisser son enveloppe charnelle derrière le bureau et de se barrer par la fenêtre, et d'ailleurs c'est ce qu'ils sont en train de faire, ne va pas croire qu'ils sont là avec toi, ils se sont tous barrés là...). Mais il s'agit aussi d'assumer de ne plus être elle, d'assumer un certain nombre de malentendus, d'assumer de déplaire parfois, d'exercer avec méthode ce que mon amie et mentor prof de philo appelle : le devoir de ringardise. Il s'agit d'assumer qu'en philo il n'y a pas d'expertise mais une expérience, un entraînement, un sillon de pensée creusé depuis plus longtemps, ces étonnements qui se sont ajoutés les uns aux autres depuis la naissance et qui commencent à m'avoir étiré le cerveau dans pas mal de sens – et là, j'aimerais trouver le gif animé qui montre un cerveau tiraillé un peu comme un chewing-gum qu'un enfant martyrise, mais je pense que vous avez l'image (et je crois aussi que l'usage des gifs fait exactement l'effet à éviter de la vieille qui se la joue jeune, une « slapéteuse » si je retranscris phonétiquement ce mot inventé de toutes pièces par une génération qui n'est pas la mienne mais dont la créativité langagière ne cesse de me fasciner – Qu'est-ce que le langage ?). Être ailleurs et vous y inviter, sinon quel chemin reste-t-il à proposer pour celui qui doit éduquer ? Et quel chemin vous resterait-il à parcourir ?

Et aussi : avoir peur et maîtriser sa peur. C'est exactement ce que veut dire oser. Il faut avoir peur pour oser, sinon il n'y a rien à oser (on ne dit pas : j'ose me faire un café le matin). Et il faut maîtriser sa peur, sinon on n'ose pas. Et quand je suis montée dans la voiture pour venir pour la première fois au lycée, déposant au passage mon fils qui faisait sa rentrée de première en mode très décontracté, dans le silence flottant de l'habitacle, ce moment où ton corps exécute les gestes qu'il faut pour aller en avant et que tout ton esprit se cabre (et bizarrement, ça ne fait pas caler la voiture), mon fils a posé un regard tendre sur moi – le début de la vieillesse : quand tes enfants posent sur toi un regard tendre. Et il m'a dit :

– En fait, là, c'est toi qui as le plus peur.

J'ai confirmé d'un coup de mâchoire crispée. Mais les choses ont continué à avancer dans le bon ordre, en dépit de la résistance interne de mes boyaux avec lesquels mon stress faisait des scoubidous.

Et j'ai eu peur, et je me suis tenue devant vous, et j'ai gardé cette peur pour moi. Je l'ai domptée semaine après semaine, mois après mois, elle ne m'a pas vraiment quittée et le jour du bac, je sais déjà que je vous attendrai, les mains sur les grilles du lycée, invoquant l'esprit de Socrate pour vous insuffler une dernière leçon de maïeutique et vous faire accoucher du meilleur de vous-mêmes.

J'ai peu et mal dormi les premières semaines. Je me suis levée parfois à cinq heures du matin pour refaire un cours qui me paraissait trop compliqué. J'ai refait ces rêves que je faisais lycéenne où tu arrives à poil en salle de cours et qu'il ne te reste plus qu'à faire comme si de rien n'était (l'inconscient échappe-t-il à toute forme de connaissance ?).

Et parfois, mon mari, vaguement inquiet en plus d'être saoulé par Kant, Aristote, Descartes, invités permanents à la table du dîner, me demandait :

– Tu ne regrettes pas ?

Et soudain seule devant cette question cruciale, tenant dans une main toutes les incontestables emmerdes inhérentes à l'enseignement (les copies, mon Dieu, les copies...), et ne sachant pas vraiment que mettre dans l'autre main, sur l'autre plateau de la balance, je dus me rendre pourtant à l'évidence. Une évidence, enfin une évidence ! Une qui ne s'effrite pas quand on pose le doigt dessus, une petite évidence mains dans les poches, sifflotante, suffisamment sûre d'elle-même pour ne pas avoir besoin de bomber le torse : eh bien non, je ne regrette pas. Pourquoi je ne regrette pas d'avoir osé ? Parce que je vous ai vus oser à votre tour. Parce que vous regarder oser est une chose très belle à laquelle j'ai assisté cette année – et que ce spectacle est réservé à ceux qui ont osé d'abord. Parce qu'il faut oser pour faire oser.

J'ai vu certains d'entre vous oser se frayer un chemin dans les terres a priori très inhospitalières de la littérature philosophique, oser croire qu'à la serpette on finirait bien par dégager un peu de sens à ces mots qui ont l'air tellement compacts, presque agglutinés, comme recroquevillés sur eux-mêmes par crainte du monde alors que, je vous le redis – et vous commencez à le sentir : ils sont le monde humain, ces mots ! Ils peuvent devenir les vôtres, vous pouvez en faire une histoire, un petit drame philosophique de papier qui pourrait, un jour, vous servir de guide – Conscience ! Conscience ! écrit Rousseau, « guide assuré d'un être ignorant et borné, mais intelligent et libre » !

Je vous ai vus oser avec des pincettes : « Je ne suis pas sûr, madame... » Moi non plus, je ne suis pas sûre, comment voulez-vous ? De quoi voulons-nous être sûrs, au prix de quoi pensons-nous être sûrs ?

Je vous ai vus oser en larmes – sortir d'une salle de classe comme une écume en plein effondrement, effondrement de corps et de courage, après avoir paniqué devant un jury de grand oral, après avoir perdu vos moyens – vous qui êtes beaux comme le jour et comme l'avenir, pourtant, ne voyez-vous pas toute cette force qui palpite sous vos effrois et vos maladresses ?

Je vous ai vus oser vous planter, et aller fouiller au fond de l'échec cette audace encore de se reconnaître faible, l'imprenable dignité de celui qui connaît ses limites et reprendra l'élan qu'il faut pour les franchir bientôt – et vous les franchirez !

Je vous ai vus oser votre première parole publique, assis à des tables d'experts (eux : bac plus 10, vous, bac moins 1), oser poser des questions, pas oser encore tout à fait contredire.

Je vous ai poussés à oser contredire, rentrer dans le lard de la question posée, vous prenant à rebours de tout ce qu'on vous a appris jusqu'alors (être scolaire, être docile), parce qu'en philosophie, il y a des questions graves dont il faut débusquer la gravité (Que devons-nous à l'État ? Oui mais, hé ho, l'État c'est nous, faites gaffe avec vos questions, les gars – et l'un d'entre vous dont j'ai accidentellement aperçu le brouillon avait écrit avec fougue : « l'État c'est moi, p'tit mec ! »).

Et je vous ai parlé de ce qui se passe lorsqu'on n'ose pas. Je vous ai laissés entendre qu'il n'y a, dans la vie humaine, aucune alternative au courage.

Le printemps se pointait, j'essayais de faire rentrer la fin du programme dans ce qu'il me restait de calendrier, avec la même rage que les belles-sœurs de Cendrillon essayant de faire rentrer leur trop grand pied dans le trop petit chausson. Je débordais, je voyais bien que je débordais, que ce qui nous était demandé était à peu près impossible, et j'hésitais entre effroi et soulagement.

C'était le début du printemps (que devons-nous

à l'État en pleine campagne présidentielle ?). Certains d'entre vous allaient voter pour la première fois. Et je voulais vous lire la fin du plaidoyer de la philosophe Hannah Arendt dans son compte rendu du procès Eichmann. Mais pour cela il fallait bien raconter un peu cette histoire folle, la capture d'Adolf Eichmann en Argentine, planqué depuis la fin de la guerre comme pas mal de ses petits copains nazis. Sa capture par les services israéliens en 1960, son exfiltration vers Israël et le procès historique d'un des seuls hauts fonctionnaires nazis qu'on ait alors encore sous la main, à qui on aimerait bien tirer les vers du nez du mal. À qui on fera payer l'ensemble de la note, quand bien même il suggérait que lui n'avait pris qu'une entrée, que entrée-plat-dessert, ça, c'était Hitler, et que lui, ma foi, il ne comptait pas pour grand-chose dans cette affaire. Mais cet imbécile d'Eichmann, pas très habile pour sa défense, trouvera tout de même le moyen d'insister sur la classe d'Hitler, ne manquant pas une occasion de souligner avec admiration le parcours tout de même incroyable du führer, quand on y pense, un nobody qui s'est hissé au plus haut du pouvoir et a réussi avec maestria à se faire un nom dans l'Histoire (tu m'étonnes). Cela vous a fait rire, qu'on puisse être con à ce point, et j'en riais aussi parce que la façon dont Eichmann a *rendu compte* de tout

« son parcours » n'en finit pas de m'ébaudir, comme cela ne laissa pas d'ébaudir Hannah Arendt. Mais nous avons cessé de rire quand je vous ai donné les grandes lignes de ce que Arendt tirait de son expérience du procès Eichmann, qu'elle avait couvert comme philosophe, envoyée par le *New Yorker*. Ce qu'elle en retient se résume à un slogan d'après moi mal formulé : « La banalité du mal ». Ce qui ne revient pas à dire que le mal est banal, mais que des êtres tout à fait banals se mettent tranquillement à son service, et qu'il ne s'agit pas d'être un monstre pour commettre des choses monstrueuses.

Et ce constat donne le vertige. Il nous place au bord d'un gouffre au fond duquel je vous invitai à regarder un instant. J'étais là pour veiller à ce que vous n'y tombassiez pas, mais il fallait y jeter un coup d'œil. Pas tant parce que cela pourrait vous être utile au bac, mais parce que c'est un gouffre que l'histoire humaine nous enjoint de visiter : ce ne sont pas des monstres qui ont participé à conduire à la mort des millions de personnes innocentes de tout crime. Et si ce ne sont pas des monstres, alors que sont-ils, sinon des gens ordinaires ? Si ce ne sont pas des monstres, alors ce pourrait être vous ou moi. Car, nous dit Rousseau, « la conscience est timide, elle aime la retraite et la paix ; le bruit et le monde l'épouvantent », petite chose fragile que la conscience qui ploie sous la terreur ou la fascination et disparaît complètement, nous dit Arendt, au prétexte de l'obéissance. Car c'est cela qui sera la ligne de défense d'Eichmann, ligne que Hannah Arendt va dynamiter en une punchline que je vous ai demandé d'apprendre par cœur. Sa défense, à cette pauvre petite chose enrhumée qui prenait des notes avec application à son procès tout en se frottant le nez, c'est qu'il n'a pas eu de chance : il était fonctionnaire à un moment où les lois étaient mauvaises (car on lui dit qu'il a obéi à de mauvaises lois, et il en convient parce qu'un jour, il a posé son œil sur le hublot d'une chambre à gaz et ce qu'il a vu là-dedans lui a fait mal à l'estomac à notre pauvre petit Adolf ; alors il a demandé non pas que ça cesse, mais qu'on ne l'oblige pas à regarder – pas bon pour ses nerfs). Soupir, haussement d'épaules, inclinaison fatale devant le grand destin indéchiffrable du monde : j'ai obéi. Vous m'auriez donné d'autres lois que j'aurais obéi pareil, n'allez pas croire (j'avais même une bonne amie juive, c'est pour vous dire). Mais bon, mauvais timing. Je peux me rattraper si vous voulez ? Parce que je suis vraiment zélé et efficace, vous ne regretteriez pas de m'avoir dans votre team.

C'est vraiment ça qu'il raconte, Eichmann, à Jérusalem. Et Arendt ne sait pas bien s'il faut en rire ou en pleurer, mais disons au bas mot que ça laisse comme deux ronds de flan. Les bras nous en tombent. Ça nous décroche la mâchoire. Surtout quand il ajoute à cela qu'étant donné ses compétences, la moindre des choses eût été qu'il fût promu, et qu'il n'a jamais compris qu'il n'ait pas pris un peu plus de galon suite aux services objectifs qu'il a rendus au Troisième Reich (ton ambition te perdra, Adolf...). Et ne nous y trompons pas : ce qu'il dit là n'est pas monstrueux. C'est effroyablement con. Et c'est ce qu'Arendt dira en 1963 pour corriger les malentendus issus de son expression « banalité du mal » : « Eichmann était d'une bêtise révoltante. » Mais au final, dans la réponse qu'elle fera très personnellement à Eichmann dans une forme de plaidoyer qui conclut son compte rendu pour le *New Yorker*, elle portera crédit à Eichmann d'avoir dit la vérité. Admettons que tu sois un être sensible, admettons que tu n'adhérais pas idéologiquement au crime de masse au service duquel tu as mis toute ton ingénierie, admettons que tu aies vomi après avoir vu de tes yeux ce qui se passait quand tu avais bien travaillé, admettons que tu n'aies pas eu de chance... Tu dois tout de même être condamné – et voilà la punchline à apprendre par cœur : « car la politique et l'école maternelle ne sont pas la même chose : en politique, obéissance et soutien ne font qu'un ».

J'en étais là de mon cours sur la distinction entre légitimité et légalité lorsque l'un de vous a levé la main.

– Mais madame, comment on sait quand c'est le moment de ne plus obéir ?

J'étais penchée sur mon bureau, en train de tourner une feuille de mon cours pour faire avancer le programme au galop. Le temps s'est suspendu un instant. Je savais que c'était pour entendre cette question que j'avais osé me présenter devant vous quelques mois plus tôt, reprendre moi-même des études, blêmir devant un inspecteur d'académie, suer d'angoisse une veille de rentrée, corriger des copies jusque tard dans la nuit. Le bac n'était plus qu'une contingence et votre question une nécessité. Je savais que nous étions au cœur de ce que doit provoquer, un jour ou l'autre, un cours de philosophie. Et je savais aussi que je ne devais pas vous répondre. Je vous ai dit que c'était une excellente question, et qu'elle était si légitime, si cruciale, que ce n'était pas moi qui y répondrais à votre place. J'ai relevé la tête et je vous ai regardés. Nous étions au début de la guerre en Ukraine, vous aviez passé tout votre lycée sous COVID, vous étiez en train de formuler vos vœux sur Parcoursup. Et moi, un peu tremblante, je formulai en moi-même, pour vous et pour le monde, un seul vœu : que lorsque ce moment arrivera, ce moment où la loi blessera votre conscience, vous osiez faire tout ce qu'on vous a découragés de faire ces dix-huit premières années de votre vie : désobéir.

Table

Claire Castillon a publié son premier roman à vingt-cinq ans. Depuis, elle ne cesse d'écrire pour les adultes (*Le Grenier, Insecte, Les Bulles, Les Messieurs, Les Merveilles, Ma Grande, Marche blanche, Son Empire*...) et pour la jeunesse.

Elle aime le silence et les grands espaces. Quand elle ne gravit pas une montagne, elle vit en lisière de forêt et promène ses chiens. L'un d'entre eux a les oreilles aussi longues que celles de Dumbo. C'est peut-être cette bizarrerie qu'elle aime le plus chez lui. Ses personnages aussi ont des différences. Une jambe trop courte, un cœur trop gros, une âme fendue. Elle aime les inviter à se réfugier dans ses romans. Si elle se défend toujours de vouloir transmettre un message, elle sait que les pages sont comme des toiles de tente, protectrices et imperméables.

Chez Gallimard Jeunesse, elle a publié :

Les Longueurs (prix Vendredi 2022)

L'Âge du fond des verres

River

Vincent Mondiot est né en 1984. Adolescent, il se passionne pour le punk-rock, le fanzinat et l'écriture. En 2005, il est lauréat du prix du Jeune Écrivain français, grâce à une nouvelle publiée par le Mercure de France. Depuis, il a publié plusieurs romans à destination des adolescents, notamment chez Actes Sud Junior, comme *Les Derniers des branleurs* qui a obtenu le prix Vendredi en 2020.

Il est également l'auteur de la série de fantasy *Les Mondes-miroirs*, et de la saga cyberpunk *Colonie Kitej*.

Réceptionniste de nuit, Vincent vit en région parisienne.

Retrouvez-le sur son blog :
http://survivrelanuit.wordpress.com

Isabelle Pandazopoulos consacre aujourd'hui son temps à l'écriture après avoir enseigné pendant vingt-cinq ans dans des zones dites difficiles.

Elle habite Paris, qu'elle aime à la folie mais pas autant que sa datcha du Bazois où elle écrit ses livres.

Chez Gallimard Jeunesse, elle a publié :

L'Honneur de Zakarya

Demandez-leur la lune

Trois Filles en colère

Double faute

La Décision

On s'est juste embrassés

Ainsi que la série « Héroïnes de la mythologie » :

Déméter, l'indomptable

Ariane, l'astucieuse

Athéna, la combative

Pénélope, la femme aux mille ruses

Et les adaptations de :

L'Odyssée

La Malédiction des Nibelungen

L'Épopée de Rama

Les douze travaux d'Hercule

Hugo Lindenberg vit dans le quartier de son enfance à Paris. Après avoir été journaliste dans la presse magazine pendant quinze ans, il a publié son premier roman en 2020.

Un jour ce sera vide raconte avec une délicatesse éblouissante la solitude d'un jeune garçon sensible, les secrets, la honte et sa rencontre avec le très solaire Baptiste. Un roman puissant sur les sensations de l'enfance, ses découvertes fondatrices. Lauréat du prix Livre Inter 2021. Hugo étudie aujourd'hui la psychologie, tout en poursuivant son chemin d'écriture.

Claudine Desmarteau est romancière et illustratrice. Elle a été directrice artistique et dessinatrice de presse avant de rejoindre l'édition jeunesse et de publier ses premiers albums. Depuis, elle se consacre entièrement à l'écriture.

Elle a publié plus de trente livres : albums (*Mes années 70*), romans illustrés (*Le Petit Gus*), romans pour adolescents (*Jan, Un mois à l'ouest*) mais aussi pour adultes (*Comme des frères, La Vie d'Andrés Mora*).

Parmi ses sources d'inspiration : son adolescence, ses deux enfants, le cinéma, la musique, les personnages de fiction qu'elle a adorés dans son enfance…

Rendez-lui visite sur son site : www.desmarteau.fr

Née en 1987, **Manon Fargetton** a grandi à Saint-Malo et vit à Paris.

Elle publie son premier roman à dix-huit ans, enchaîne avec une vingtaine de livres tant pour les enfants que les adolescents ou les adultes, dans des genres très variés. Ces ouvrages ont été récompensés par de nombreux prix littéraires.

Aujourd'hui romancière à plein temps, elle a exercé durant dix ans le métier de régisseuse lumière au théâtre.

Elle aime la musique, la mer, le surf, les coquelicots, les chaussettes colorées, lire dans son lit l'hiver, lire dans son hamac l'été, voyager seule, rencontrer des compagnons en chemin, revenir, et aborder, lorsqu'elle écrit, des univers chaque fois différents.

Chez Gallimard Jeunesse, elle a publié :

À quoi rêvent les étoiles

Dix jours avant la fin du monde

Orianne Charpentier est née en 1974 à Saigon, pendant la guerre du Vietnam.

Elle passe son enfance au Maroc, puis dans un petit village de Normandie.

Après des études de lettres et de journalisme, et plusieurs voyages dans des pays lointains, elle exerce la profession de journaliste tout en écrivant des romans pour la jeunesse. Ses livres évoquent des thèmes divers : la Première Guerre mondiale, le traumatisme et l'exil, l'adolescence dans un petit village de campagne, deux jours dans la vie d'une baleine à bosse... Mais ses personnages, filles et garçons, ont tous en commun une faille, une perte, une quête. Peut-être ont-ils la même aspiration que leur créatrice – trouver leur place en ce monde.

Chez Gallimard Jeunesse, elle a publié :

Moi, baleine

Rage

La Vie au bout des doigts

Après la vague

Mauvaise graine

Madame Gargouille

La Petite Capuche rouge

Marion Muller-Colard est née en 1978 à Marseille. Théologienne protestante de formation, elle a d'abord été pasteure en milieu hospitalier, avant de se consacrer pleinement à l'écriture. Pour la jeunesse (romans, contes philosophiques, histoires…) et pour les adultes (romans, essais, théâtre…). Aussi variés soient-ils, ses écrits se nourrissent toujours du même refus de la fatalité et de l'infinie possibilité d'être surpris par soi-même, par les autres et par les rencontres de la vie. Elle est membre du Comité consultatif national d'éthique (CCNE) pour les sciences de la vie et de la santé, depuis 2017. Elle a enseigné la philosophie avant de devenir directrice de la maison d'Édition Labor et Fides.

Marion vit en Alsace avec son mari et leurs deux enfants et travaille à Genève.

Chez Gallimard Jeunesse, elle a publié :
Bouche Cousue
Prunelle de mes yeux

Chez Gallimard :
Wanted Louise
Le Jour où la Durance

ON LIT
PLUS
FORT.
COM

L'ACTUALITÉ DES ROMANS
GALLIMARD JEUNESSE

Loi n° 49-956 du 16 juillet 1949
sur les publications destinées à la jeunesse

Mise en page : Françoise Pham
ISBN : 978-2-07-517430-5
N° d'édition : 543582
Dépôt légal : janvier 2023
Imprimé en Italie par Grafica Veneta